UN PHILOSOPHE

SOUS LES TOITS

DU MÊME AUTEUR.

Format grand in-18.

SOUS PRESSE

Corbeil, typographie de Crété.

UN

PHILOSOPHE

SOUS LES TOITS

JOURNAL D'UN HOMME HEUREUX

PUBLIÉ PAR

ÉMILE SOUVESTRE

OUVRAGE COURONNÉ PAR L'ACADÉMIE FRANÇAISE

Nouvelle édition

PARIS

MICHEL LEVY FRÈRES, LIBRAIRES-ÉDITEURS

RUE VIVIENNE, 2 BIS

1856

A

Mᵐᵉ NANINE SOUVESTRE.

AVANT-PROPOS.

Nous connaissons un homme qui, au milieu de la fièvre de changement et d'ambition qui travaille notre société, a continué d'accepter, sans révolte, son humble rôle dans le monde, et a conservé, pour ainsi dire, le goût de la pauvreté. Sans autre fortune qu'une petite place, dont il vit sur ces étroites limites qui séparent l'aisance de la misère, notre philosophe regarde, du haut de sa mansarde, la société comme une mer dont il ne souhaite point les richesses et dont il ne craint pas les naufrages. Tenant trop peu de place pour exciter l'envie de personne, il dort tranquillement enveloppé dans son obscurité.

Non qu'il se soit retiré dans l'égoïsme comme la tortue dans sa cuirasse! C'est l'homme de Térence, qui ne « se croit étranger à rien de ce qui est humain. » Tous les objets et tous les incidents du dehors se réfléchissent en lui ainsi que dans une chambre obscure où ils décalquent leur image. Il « regarde la société en lui-même » avec la patience curieuse des solitaires, et il écrit, pour chaque mois, le ournal de ce qu'il a vu ou pensé. C'est *le calendrier de ses sensations,* ainsi qu'il a coutume de le dire.

Admis à le feuilleter, nous en avons détaché quelques pages, qui pourront faire connaître au lecteur les vulgaires aventures d'un penseur ignoré dans ces douze hôtelleries du temps qu'on appelle des mois.

CHAPITRE PREMIER.

LES ÉTRENNES DE LA MANSARDE.

————

1ᵉʳ *Janvier.* — Cette date me vient à la pensée dès que je m'éveille. Encore une année qui s'est détachée de la chaîne des âges pour tomber dans l'abîme du passé ! La foule s'empresse de fêter sa jeune sœur. Mais tandis que tous les regards se portent en avant, les miens se retournent en arrière. On sourit à la nouvelle reine, et, malgré moi, je songe à celle que le temps vient d'envelopper dans son linceul.

Celle-ci, du moins, je sais ce qu'elle était et ce qu'elle m'a donné, tandis que l'autre se présente entourée de toutes les menaces de l'inconnu. Que cache-t-elle dans les nuées qui l'enveloppent ? Est-ce l'orage ou le soleil ?

Provisoirement il pleut, et je sens mon âme embrumée comme l'horizon. J'ai congé aujourd'hui; mais que faire d'une journée de pluie ? Je parcours ma mansarde avec humeur, et je me décide à allumer mon feu.

Malheureusement, les allumettes prennent mal, la cheminée fume, le bois s'éteint ! Je jette là mon soufflet avec dépit, et je me laisse tomber dans mon vieux fauteuil.

En définitive, pourquoi me réjouirais-je de voir naître une nouvelle année? Tous ceux qui courent déjà les rues, l'air endimanché et le sourire sur les lèvres, comprennent-ils ce qui les rend joyeux? Savent-ils seulement ce que signifie cette fête et d'où vient l'usage des étrennes ?

Ici mon esprit s'arrête pour se constater à lui-même sa supériorité sur l'esprit du vulgaire. J'ouvre une parenthèse dans ma mauvaise humeur, en faveur de ma vanité, et je réunis toutes les preuves de ma science.

(Les premiers Romains ne partageaient l'année qu'en dix mois ; ce fut Numa Pompilius qui y ajouta janvier et février. Le premier tira son nom de Janus, auquel il fut consacré. Comme il ouvrait le nouvel an, on entoura son commencement d'heureux présages, et de là vint la coutume des visites entre voisins, des souhaits de prospérité et des *étrennes*. Les présents usités chez les Romains étaient symboliques. On offrait des figues sèches, des dattes, des rayons de miel, comme emblème de « la douceur des auspices sous lesquels l'année devait commencer son cours, » et une petite pièce de monnaie, nommée *stips*, qui présageait la richesse.)

Ici je ferme la parenthèse pour reprendre ma disposition maussade. Le petit *snitch* que je viens de m'adresser m'a rendu content de moi et plus mécontent des autres. Je déjeunerais bien pour me distraire; mais la portière a oublié mon lait du matin, et le pot de confiture est vide ! Un autre serait contrarié; moi j'affecte la plus superbe indifférence. Il reste un croûton durci que je brise à force de poignets, et que je grignote nonchalamment comme un homme bien au-dessus des vanités du monde et des pains mollets.

Cependant, je ne sais pourquoi mes idées s'assombrissent en raison des difficultés de la mastication. J'ai lu autrefois l'histoire d'un Anglais qui s'était pendu parce qu'on lui avait servi du thé sans sucre. Il y a des heures dans la vie où la contrariété la plus futile prend les proportions d'une catastrophe. Notre humeur ressemble aux lunettes de spectacle qui, selon le bout, montrent les objets moindres ou agrandis.

Habituellement, la perspective qui s'ouvre devant ma fenêtre me ravit. C'est un chevauchement de toits dont les cimes s'entrelacent, se croisent, se superposent, et sur lesquels de hautes cheminées dressent leurs pitons. Hier encore je leur trouvais un aspect alpestre, et j'attendais la première neige pour y voir des glaciers ; aujourd'hui je n'aperçois que des tuiles et des tuyaux de poêle. Les pigeons, m'aidaient à mes illusions agrestes ne me semblent plus que de misérables volatiles qui ont pris les toits pour basse-cour ; la fumée qui s'élève en légers flocons, au lieu de me faire songer aux soupiraux du Vésuve, me rappelle les préparations culinaires et l'eau de vaisselle ; enfin le télégraphe que j'aperçois de loin sur la vieille tour de Montmartre, me fait l'effet d'une ignoble potence dont le bras se dresse au-dessus de la cité.

Ainsi blessés de tout ce qu'ils rencontrent, mes regards s'abaissent sur l'hôtel qui fait face à ma mansarde.

L'influence du premier de l'an s'y fait visiblement sentir. Les domestiques ont un air d'empressement qui se proportionne à l'importance des étrennes reçues ou à recevoir. Je vois le propriétaire traversant la cour avec la mine morose que donnent les générosités forcées, et les visiteurs se multiplier, suivis de commissionnaires qui portent des fleurs, des cartons ou des jouets. Tout à coup la grande porte cochère est ouverte ; une calèche neuve, traînée par des chevaux de race, s'arrête au pied du perron. Ce sont sans doute les étrennes offertes par le mari à la maîtresse de l'hôtel; car elle vient elle-même examiner le nouvel équipage. Elle y monte bientôt avec une petite fille *ruisse-lante* de dentelles, de plumes, de velours, et chargée de cadeaux qu'elle va distribuer en étrennes. La portière est refermée, les glaces se lèvent la voiture part.

Ainsi tout le monde fait aujourd'hui un échange de bons désirs et de présents; moi seul je n'ai rien à donner ni à recevoir. Pauvre solitaire, je ne connais pas même un être préféré pour lequel je puisse former des vœux.

Que mes souhaits d'heureuse année aillent donc chercher tous les amis inconnus, perdus dans cette multitude qui bruit à mes pieds!

A vous d'abord, ermites des cités, pour qui la mort et la pauvreté ont fait une solitude au milieu de la foule! travailleurs mélancoliques condamnés à manger, dans le silence et l'abandon, le pain gagné chaque jour, et que Dieu a sevrés des enivrantes angoisses de l'amour ou de l'amitié!

A vous, rêveurs émus qui traversez la vie, les

yeux tournés vers quelque étoile polaire, marchant avec indifférence sur les riches moissons de la réalité !

A vous, braves pères qui prolongez la veille pour nourrir la famille ; pauvres veuves pleurant et travaillant auprès d'un berceau ; jeunes hommes acharnés à vous ouvrir dans la vie une route assez large pour y conduire par la main une femme choisie ; à vous tous vaillants soldats du travail et du sacrifice !

A vous enfin, quels que soient votre titre et votre nom, qui aimez ce qui est beau, qui avez pitié de ce qui souffre, et qui marchez dans le monde comme la vierge symbolique de Byzance, les deux bras ouverts au genre humain !

..... Ici je suis subitement interrompu par des pépiements toujours plus nombreux et plus élevés. Je regarde autour de moi... ma fenêtre est entourée de moineaux qui picorent les miettes de pain que, dans ma méditation distraite, je viens d'égrener sur le toit.

A cette vue, un éclair de lumière traverse mon cœur attristé. Je me trompais, tout à l'heure, en

me plaignant de n'avoir rien à donner; grâce à
moi, les moineaux du quartier auront leurs étrennes !

Midi. On frappe à ma porte; une pauvre fille
entre et me salue par mon nom. Je ne la reconnais
point au premier abord ; mais elle me regarde, sourit... Ah ! c'est Paulette!... Mais depuis près d'une
année que je ne l'avais vue, Paulette n'est plus la
même : l'autre jour c'était une enfant, aujour-
d'hui c'est presque une jeune fille.

Paulette est maigre, pâle, misérablement vêtue;
mais c'est toujours le même œil bien ouvert et regardant droit devant lui, la même bouche souriant
à chaque mot, comme pour solliciter votre amitié,
la même voix un peu timide et pourtant caressante. Paulette n'est point jolie, elle passe même
pour laide : moi je la trouve charmante.

Peut-être n'est-ce point à cause de ce qu'elle
est, mais à cause de moi. Paulette m'apparaît à travers un de mes meilleurs souvenirs.

C'était le soir d'une fête publique. Les illumina-
tions faisaient courir leurs cordons de feu le long
de nos monuments; mille banderoles flottaient aux

vents de la nuit ; les feux d'artifice venaient d'allumer leurs gerbes de flammes au milieu du Champ-de-Mars. Tout à coup, une de ces inexplicables terreurs qui frappent de folie les multitudes s'abat sur les rangs pressés ; on crie, on se précipite ; les plus faibles trébuchent, et la foule égarée les écrase sous ses pieds convulsifs. Échappé par miracle à la mêlée, j'allais m'éloigner, lorsque les cris d'un enfant près de périr me retiennent ; je rentre dans ce chaos humain, et après des efforts inouïs, j'en retire Paulette au péril de ma vie.

Il y a deux ans de cela ; depuis, je n'avais revu la petite qu'à de longs intervalles, et je l'avais presque oubliée ; mais Paulette a la mémoire des bons cœurs ; elle vient, au renouvellement de l'année, m'offrir ses souhaits de bonheur. Elle m'apporte, en outre, un plant de violettes en fleurs ; elle-même l'a mis en terre et cultivé ; c'est un bien qui lui appartient tout entier, car il a été conquis par ses soins, sa volonté et sa patience.

Le violier (1) a fleuri dans un vase grossier, et

(1) Violier commun. On appelle aussi violier la giroflée.

Paulette, qui est cartonnière, l'a enveloppé d'un *cache-pot* en papier verni, embelli d'arabesques. Les ornements pourraient être de meilleur goût, mais on y sent la bonne volonté attentive.

Ce présent inattendu, la rougeur modeste de la petite fille et son compliment balbutié dissipent, comme un rayon de soleil, l'espèce de brouillard qui m'enveloppait le cœur ; mes idées passent brusquement des teintes lombées du soir aux teintes les plus roses de l'aurore ; je fais asseoir Paulette et je l'interroge gaiement.

La petite répond d'abord par des monosyllabes; mais bientôt les rôles sont renversés, et c'est moi qui entrecoupe de courtes interjections ses longues confidences. La pauvre enfant mène une vie difficile. Orpheline depuis longtemps, elle est restée, avec son frère et sa sœur, à la charge d'une vieille grand' mère qui les a *élevés de misère*, comme elle a coutume de le dire. Cependant Paulette l'aide maintenant dans la confection des cartonnages, sa petite sœur Perrine commence à coudre, et Henri est apprenti dans une imprimerie. Tout irait bien sans les pertes et sans les chômages, sans les habits qui s'usent, sans les appétits qui grandissent, sans l'hiver qui oblige à acheter son soleil ! Paulette se plaint de ce que la chandelle dure trop peu et de ce que le bois coûte trop cher. La cheminée de leur mansarde est si grande qu'une falourde y produit l'effet d'une allumette ; elle est si près du toit que le vent y renvoie la pluie et qu'on y gèle sur l'àtre en hiver : aussi y ont-ils renoncé. Tout se borne désormais à un réchaud de terre sur lequel cuit le repas. La grand'mère avait bien parlé d'un poêle marchandé chez le revendeur du rez-de-chaussée ; mais celui-ci en a voulu sept francs, et les temps sont trop difficiles pour une pareille dépense; la famille s'est, en conséquence, résignée à avoir froid par économie !

A mesure que Paulette parle, je sens que je sors de plus en plus de mon abattement chagrin. Les premières révélations de la petite cartonnière ont fait naître en moi un désir qui est bientôt devenu un projet. Je l'interroge sur ses occupations de la journée, et elle m'apprend qu'en me quittant elle doit visiter, avec son frère, sa sœur et sa grand'mère, les différentes pratiques auxquelles ils doivent leur travail. Mon plan est aussitôt arrêté : j'annonce à l'enfant que j'irai la voir dans la soirée, et je la congédie en la remerciant de nouveau.

Le violier a été posé sur la fenêtre ouverte, où un rayon de soleil lui souhaite la bienvenue ; les oiseaux gazouillent à l'entour, l'horizon s'est éclairci, et le jour, qui s'annonçait si triste, est devenu radieux. Je parcours ma chambre en chantant, je m'habille à la hâte, je sors.

Trois heures. Tout est convenu avec mon voisin le fumiste : il répare le vieux poêle que j'avais remplacé, et me répond de le rendre tout neuf. A cinq heures, nous devons partir pour le poser chez la grand'mère de Paulette.

Minuit. Tout s'est bien passé. A l'heure dite, j'étais chez la vieille cartonnière encore absente. Mon Piémontais a dressé le poêle tandis que j'arrangeais, dans la grande cheminée, une douzaine de bûches empruntées à ma provision d'hiver. J'en serai quitte pour m'échauffer en me promenant, ou pour me coucher plus tôt.

A chaque pas qui retentit dans l'escalier j'ai un battement de cœur ; je tremble que l'on ne m'interrompe dans mes préparatifs et que l'on ne gâte ainsi ma surprise. Mais non, voilà que tout est en place : le poêle allumé ronfle doucement, la petite lampe brille sur la table et la burette d'huile a pris place sur l'étagère. Le fumiste est reparti. Cette fois ma crainte qu'on n'arrive s'est transformée en impatience de ce qu'on n'arrive pas. Enfin, j'entends la voix des enfants ; les voici qui poussent la porte et qui se précipitent... Mais tous s'arrêtent avec des cris d'étonnement.

A la vue de la lampe, du poêle et du visiteur qui se tient comme un magicien au milieu de ces merveilles, ils reculent presque effrayés. Paulette est la première à comprendre ; l'arrivée de la grand'mère, qui a monté moins vite, achève l'explication. — Attendrissement, transports de joie, remercîments !

Mais les surprises ne sont point finies. La jeune sœur ouvre le four et découvre des marrons qui achèvent de griller ; la grand'mère vient de mettre la main sur les bouteilles de cidre qui garnissent le buffet, et je retire du panier que j'ai caché une langue fourrée, un coin de beurre et des pains frais.

Cette fois l'étonnement devient de l'admiration ; la petite famille n'a jamais assisté à un pareil festin ! On met le couvert, on s'asseoit, on mange ; c'est fête complète pour tous, et chacun y contribue pour sa part. Je n'avais apporté que le souper ; la cartonnière et ses enfants fournissent la joie.

Que d'éclats de rire sans motifs ! quelle confusion de demandes qui n'attendent point les réponses, de réponses qui ne correspondent à aucune demande ! La vieille femme elle-même partage la folle gaieté des petits ! J'ai toujours été frappé de la facilité avec laquelle le pauvre oubliait sa misère. Accoutumé à vivre du présent, il profite du plaisir dès qu'il se présente. Le riche, blasé par l'usage, se laisse gagner plus difficilement ; il lui faut le temps et toutes ses aises pour consentir à être heureux.

La soirée s'est passée comme un instant. La vieille femme m'a raconté sa vie, tantôt souriant, tantôt essuyant une larme. Perrine a chanté une ronde d'autrefois avec sa voix fraîche et enfantine. Henri, qui apporte des épreuves aux écrivains célèbres de l'époque, nous a dit ce qu'il en savait.

Enfin, il a fallu se séparer, non sans de nouveaux remercîments de la part de l'heureuse famille.

Je suis revenu à petits pas, savourant à plein cœur les purs souvenirs de cette soirée. Elle a été pour moi une grande consolation et un grand enseignement. Maintenant les années peuvent se renouveler ; je sais que nul n'est assez malheureux pour n'avoir rien à recevoir, ni rien à donner.

Comme je rentrais, j'ai rencontré le nouvel équipage de mon opulente voisine. Celle-ci, qui revient aussi de soirée, a franchi le marche-pied avec une impatience fébrile, et je l'ai entendue murmurer : *Enfin !*

En quittant la famille de Paulette, moi, j'avais dit : *Déja !*

CHAPITRE II.

LE CARNAVAL.

20 *février*. Quelle rumeur au dehors ! Pourquoi ces cris d'appel et ces huées?... Ah ! je me rappelle : nous sommes au dernier jour du carnaval ; ce sont les masques qui passent.

Le Christianisme n'a pu abolir les bacchanales des anciens temps, il en a changé le nom. Celui qu'il a donné à ces *jours libres* annonce la fin des banquets et le mois d'abstinence qui doit suivre. *Carn-à-val* signifie, mot à mot, *chair à bas !* C'est un adieu de quarante jours aux « benoîtes poulardes et gras jambons » tant célébrés par le chantre de Pantagruel. L'homme se prépare à la privation par la satiété, et achève de se damner avant de commencer à faire pénitence.

Pourquoi, à toutes les époques et chez tous les peuples, retrouvons-nous quelqu'une de ces fêtes folles ? Faut-il croire que, pour les hommes, la raison est un effort dont les plus faibles ont besoin de se reposer par instants ? Condamnés au silence d'après leur règle, les trappistes recouvrent une fois par mois la parole, et, ce jour-là, tous parlent en même temps, depuis le lever du soleil jusqu'à son coucher. Peut-être en est-il de même dans le monde. Obligés toute l'année à la décence, à l'ordre, au bon sens, nous nous dédommageons, pendant le carnaval, d'une longue contrainte. C'est une porte ouverte aux velléités incongrues jusqu'alors refoulées dans un coin de notre cerveau. Comme aux jours des saturnales, les esclaves deviennent pour un instant les maîtres, et tout est abandonné aux *folles de la maison.*

Les cris redoublent dans le carrefour ; les troupes de masques se multiplient, à pied, en voiture et à cheval. C'est à qui se donnera le plus de mouvement pour briller quelques heures, pour exciter la curiosité ou l'envie ; puis, demain, tous reprennent, tristes et fatigués, l'habit et les tourments d'hier.

Hélas ! pensé-je avec dépit, chacun de nous ressemble à ces masques ; trop souvent la vie entière n'est qu'un déplaisant carnaval.

Et cependant l'homme a besoin de fêtes qui détendent son esprit, reposent son corps, épanouissent son âme. Ne peut-il donc les rencontrer en dehors des joies grossières? Les économistes cherchent depuis longtemps le meilleur emploi de l'activité du genre humain. Ah ! si je pouvais seulement découvrir le meilleur emploi de ses loisirs ! On ne manquera pas de lui trouver des labeurs ; qui lui trouvera des délassements ? Le travail fournit le pain de chaque jour ; mais c'est la gaîté qui lui donne de la saveur. O philosophes ! mettez-

vous en quête du plaisir ! trouvez-nous des diver-
tissements sans brutalité, des jouissances sans
égoïsme ; inventez enfin un carnaval qui soit plai-
sant à tout le monde et qui ne fasse honte à personne.

Trois heures. Je viens de refermer ma fenêtre ;
j'ai ranimé mon feu. Puisque c'est fête pour tout
le monde, je veux que ce le soit aussi pour moi.
J'allume la petite lampe sur laquelle, aux grands
jours, je prépare une tasse de ce café que le fils de
ma portière a rapporté du Levant, et je cherche,
dans ma bibliothèque, un de mes auteurs favoris.

Voici d'abord l'amusant curé de Meudon ;
mais ses personnages parlent trop souvent le langage des halles ; — Voltaire ; mais en raillant
toujours les hommes, il les décourage. — Molière ;
mais il vous empêche de rire à force de vous faire
penser. — Lesage !... arrêtons-nous à lui. Profond
plutôt que grave, il prêche la vertu en faisant rire
des vices ; si l'amertume est parfois dans l'inspiration, elle s'enveloppe toujours de gaîté ; il voit les
misères du monde sans le mépriser, et connaît ses
lâchetés sans le haïr.

Appelons ici tous les héros de son œuvre : Gil
Blas, Fabrice, Sangrado, l'archevêque de Grenade,
le duc de Lerme, Aurore, Scipion! Plaisantes ou
gracieuses images, surgissez devant mes yeux,
peuplez ma solitude, transportez-y, pour mon
amusement, ce carnaval du monde dont vous êtes
les masques brillants.

Par malheur, au moment même où je fais cette
invocation, je me rappelle une lettre à écrire qui ne
peut être retardée. Un de mes voisins de mansarde est venu me la demander hier. C'est un
petit vieillard allègre, qui n'a d'autre passion que
les tableaux et les gravures. Il rentre presque tous
les jours avec quelque carton, ou quelque toile, de
peu de valeur sans doute; car je sais qu'il vit chéti-
vement, et la lettre même que je dois rédiger pour
lui prouve sa pauvreté. Son fils unique, marié
en Angleterre, vient de mourir, et la veuve, restée
sans ressources avec une vieille mère et un enfant,
lui avait écrit pour demander asile. M. Antoine m'a
prié d'abord de traduire la lettre, puis de répondre
par un refus. J'avais promis cette réponse aujour-
d'hui; remplissons, avant tout, notre promesse.

2

..... La feuille de papier *Bath* est devant moi ; j'ai trempé ma plume dans l'encrier, et je me gratte le front pour provoquer l'éruption des idées quand je m'aperçois que mon dictionnaire me manque. Or, un Parisien qui veut parler anglais sans dictionnaire ressemble au nourrisson dont on a détaché les lisières ; le sol tremble sous lui, et il trébuche au premier pas. Je cours donc chez le relieur auquel a été confié mon Johnson ; il demeure précisément sur le carré.

La porte est entr'ouverte. J'entends de sourdes plaintes ; j'entre sans frapper, et j'aperçois l'ouvrier devant le lit de son compagnon de chambrée ; ce dernier a une fièvre violente et du délire. Pierre le regarde d'un air de mauvaise humeur embarrassée. J'apprends de lui que son *pays* n'a pu se lever le matin, et que, depuis, il s'est trouvé plus mal, d'heure en heure.

Je demande si on a fait venir un médecin.

— Ah bien, oui ! repond Pierre brusquement; faudrait avoir pour ça de l'argent de poche, et le *pays* n'a que des dettes pour économies.

— Mais vous, dis-je un peu étonné, n'êtes-vous point son ami ?

— Minute ! interrompt le relieur ; ami comme le *limonier* est ami du *porteur*, à condition que chacun tirera la charrette pour son compte et mangera à part son picotin.

— Vous ne comptez point, pourtant, le laisser privé de soins ?

— Bah ! il peut garder tout le lit jusqu'à demain, vu que je suis de bal.

— Vous le laissez seul ?

— Faudrait-il donc manquer une descente de Courtille parce que le *pays* a la tête brouillée ? demande Pierre aigrement. J'ai rendez-vous avec les autres chez le père Desnoyers. Ceux qui ont mal au cœur n'ont qu'à prendre de la réglisse ; ma tisane, à moi, c'est le petit blanc.

En parlant ainsi, il dénoue un paquet dont il retire un costume de débardeur, et il procède à son travestissement.

Je m'efforce en vain de le rappeler à des sentiments de confraternité pour le malheureux qui gémit là, près de lui ; tout entier à l'espérance du

plaisir qui l'attend, Pierre m'écoute avec impatience. Enfin, poussé à bout par cet égoïsme bru-
tal, je passe des remontrances aux reproches; je
le déclare responsable des suites que peut avoir,
pour le malade, un pareil abandon.

Cette fois, le relieur, qui va partir, s'arrête.

— Mais, tonnerre ! que voulez-vous que je fasse?
s'écrie-t-il, en frappant du pied : est-ce que je suis
obligé de passer mon carnaval à faire chauffer des
bains de pied, par hasard ?

— Vous êtes obligé de ne pas laisser mourir un
camarade sans secours ! lui dis-je.

— Qu'il aille à l'hôpital alors !

— Seul, comment le pourrait-il ?

Pierre fait un geste de résolution.

— Eh bien, je vas le conduire, reprend-il; aussi
bien, j'aurai plus tôt fait de m'en débarrasser....
Allons, debout, *pays!*

Il secoue son compagnon qui n'a point quitté ses
vêtements. Je fais observer qu'il est trop faible
pour marcher; mais le relieur n'écoute pas : il le
force à se lever, l'entraîne en le soutenant, et arrive
à la loge du portier qui court chercher un fiacre.

J'y vois monter le malade presque évanoui avec le débardeur impatient, et tous deux partent, l'un pour mourir peut-être, l'autre pour dîner à la Courtille !

Six heures. Je suis allé frapper chez le voisin, qui m'a ouvert lui-même et auquel j'ai remis la lettre, enfin terminée et destinée à la veuve de son fils. M. Antoine m'a remercié avec effusion et m'a obligé à m'asseoir.

C'était la première fois que j'entrais dans la mansarde du vieil amateur. Une tapisserie tachée par l'humidité, et dont les lambeaux pendent çà et là, un poêle éteint, un lit de sangle, deux chaises dépaillées en composent tout l'ameublement. Au fond, on aperçoit un grand nombre de cartons entassés et de toiles sans cadres retournées contre le mur.

Au moment où je suis entré, le vieillard était à table, dînant avec quelques croûtes de pain dur qu'il trempait dans un verre d'eau sucrée. Il s'est aperçu que mon regard s'arrêtait sur ce menu d'anachorète, et il a un peu rougi.

— Mon souper n'a rien qui vous tente, voisin ! a-t-il dit en souriant.

J'ai répondu que je le trouvais au moins bien philosophique pour un souper de carnaval. M. Antoine a hoché la tête et s'est remis à table.

— Chacun fête les grands jours à sa manière, a-t-il repris en recommençant à plonger un croûton dans son verre. Il y a des gourmets de plusieurs genres, et tous les régals ne sont point destinés à flatter le palais; il en existe aussi pour les oreilles et pour les yeux.

J'ai regardé involontairement autour de moi, comme si j'eusse cherché l'invisible festin qui pouvait le dédommager d'un pareil souper.

Il m'a compris sans doute, car il s'est levé avec la lenteur magistrale d'un homme sûr de ce qu'il va faire ; il a fouillé derrière plusieurs cadres, en a tiré une toile sur laquelle il a passé la main, et qu'il est venu placer silencieusement sous la lumière de la lampe.

Elle représentait un beau vieillard qui, assis à table avec sa femme, sa fille et ses enfants, chante, accompagné par des musiciens qu'on aperçoit derrière. J'ai reconnu, au premier aspect, cette composition, que j'avais souvent admirée au Louvre, et

j'ai déclaré que c'était une magnifique copie de Jordaens.

— Une copie ! s'est écrié M. Antoine; dites un
original, voisin, et un original retouché par Ru-
bens ! Voyez plutôt la tête du vieillard, la robe de
la jeune femme, et les accessoires. On pourrait
compter les coups de pinceau de l'Hercule du colo-
ris. Ce n'est point seulement un chef-d'œuvre,
monsieur, c'est un trésor, une relique ! La toile du
Louvre passe pour une perle, celle-ci est un dia-
mant.

Et, l'appuyant au poêle de manière à la placer
dans son meilleur jour, il s'est remis à tremper ses
croûtes, sans quitter de l'œil le merveilleux tableau. On eût dit que sa vue leur communiquait
une délicatesse inattendue : il les savourait lentement et vidait son verre à petits coups. Ses traits
ridés s'étaient épanouis, ses narines se gonflaient ;
c'était bien, ainsi qu'il l'avait dit lui-même, *un festin du regard.*

— Vous voyez que j'ai aussi ma fête, a-t-il repris, en branlant la tête d'un air de triomphe;
d'autres vont courir les restaurants et les bals; moi,

voici le plaisir que je me suis donné pour mon carnaval.

— Mais si cette toile est véritablement si précieuse, ai-je répondu, elle doit avoir un haut prix.

— Eh ! eh ! a dit M. Antoine, d'un ton de nonchalance orgueilleuse, dans un bon temps et avec
un bon amateur, cela peut valoir quelque chose
comme vingt mille francs.

J'ai fait un soubresaut en arrière.

— Et vous l'avez acheté ? me suis-je écrié.

— Pour rien, a-t-il répondu, en baissant la voix ;
ces brocanteurs sont des ânes : le mien a pris ceci
pour une copie d'élève... il me l'a laissé à cinquante louis payés comptant ! ce matin, je les lui
ai apportés, et maintenant il voudrait en vain se
dédire.

— Ce matin ! ai-je répété, en reportant involontairement mes regards sur la lettre de refus que
M. Antoine m'avait fait écrire à la veuve de son fils,
et qui était encore sur la petite table.

Il n'a point pris garde à mon exclamation, et a
continué à contempler l'œuvre de Jardaens, dans
une sorte d'extase.

— Quelle science de clair-obscur! murmurait-il en grignotant sa dernière croûte avec délices; quel relief! quel feu ! Où trouve-t-on cette transparence de teintes, cette magie de reflets, cette force, ce naturel?

Et comme je l'écoutais immobile, il a pris mon étonnement pour de l'admiration, et il m'a frappé sur l'épaule :

— Vous êtes ébloui! s'est-il écrié avec gaieté, vous ne vous attendiez pas à un pareil trésor ! Que dites-vous de mon marché?

— Pardon, ai-je répliqué sérieusement; mais je crois que vous auriez pu le faire meilleur.

M. Antoine a dressé la tête.

— Comment cela? s'est-il écrié; me croiriez-vous homme à me tromper sur le mérite d'une peinture ou sur sa valeur?

— Je ne doute ni de votre goût, ni de votre science; mais je ne puis m'empêcher de penser que pour le prix de la toile qui vous représente ce repas de famille, vous auriez pu avoir...

— Quoi donc?

— La famille elle-même, monsieur.

Le vieil amateur m'a jeté un regard, non de colère, mais de dédain. Evidemment je venais de me révéler à lui pour un barbare incapable de comprendre les arts et indigne d'en jouir. Il s'est levé sans répondre, il a repris brusquement le Jordaens, et il est allé le reporter dans sa cachette derrière les cartons.

C'était une manière de me congédier; j'ai salué et je suis sorti.

Sept heures. Rentré chez moi, je trouve mon eau qui bout sur ma petite lampe; je me mets à moudre le moka et je dispose ma cafetière.

La préparation de son café est, pour un solitaire, l'opération domestique la plus délicate et la plus attravante; c'est le *grand œuvre* des ménages de garçon.

Le café tient, pour ainsi dire, le milieu entre la nourriture corporelle et la nourriture spirituelle. Il agit agréablement, tout à la fois, sur les sens et sur la pensée. Son arome seul donne à l'esprit je ne sais quelle activité joyeuse; c'est un génie qui prête ses ailes à notre fantaisie et l'emporte au pays des *Mille et une Nuits.* Quand je suis plongé dans mon vieux fauteuil, les pieds en espalier devant un feu flambant, l'oreille caressée par le gazouillement de la cafetière qui semble causer avec mes chenets, l'odorat doucement excité par les effluves de la fève arabique, et les yeux à demi-voilés sous mon bonnet rabattu, il me semble souvent que chaque flocon de la vapeur odorante prend une forme distincte : j'y vois tour à tour, comme dans les mirages du désert, les différentes images dont mes souhaits voudraient faire des réalités.

D'abord la vapeur grandit, se colore, et j'aperçois une maisonnette au penchant d'une colline. Derrière s'étend un jardin enclos d'aubépines, et que traverse un ruisseau aux bords duquel j'entends bourdonner les ruches.

Puis le paysage grandit encore. Voici des champs plantés de pommiers où je distingue une charrue attelée qui attend son maître. Plus loin, au coin du bois qui retentit des coups de la cognée, je reconnais la hutte du sabotier, recouverte de gazon et de copeaux.

Et au milieu de tous ces tableaux rustiques, il me semble voir comme une représentation de moi-même qui flotte et qui passe ! C'est mon fantôme qui se promène dans mon rêve.

Les bouillonnements de l'eau près de déborder m'obligent à interrompre cette méditation pour remplir la cafetière. Je me souviens alors qu'il ne me reste plus de crème ; je décroche ma boîte de fer-blanc et je descends chez la laitière.

La mère Denis est une robuste paysanne venue toute jeune de Savoie et qui', contrairement aux habitudes de ses compatriotes, n'est point retournée au pays. Elle n'a ni mari, ni enfant, malgré le titre qu'on lui donne ; mais sa bonté, toujours en éveil, lui a mérité ce nom de *mère*. Vaillante créature abandonnée dans la mêlée humaine, elle s'y est fait son humble place en travaillant, en chantant, en secourant, et laissant faire le reste à Dieu.

Dès la porte de la laitière, j'entends de longs éclats de rire. Dans un des coins de la boutique, trois enfants sont assis par terre. Ils portent le costume enfumé des petits Savoyards et tiennnent à la main de longues tartines de fromage blanc. Le plus jeune s'en est barbouillé jusqu'aux yeux, et c'est là le motif de leur gaieté.

La mère Denis me les montre.

— Voyez-moi ces innocents, comme ça se régale! dit-elle en passant la main sur la tête du petit gourmand.

— Il n'avait pas déjeuné, fait observer son camarade pour l'excuser.

— Pauvre créature! dit la laitière ; ça est abandonné sans défense sur le pavé de la grande ville où ça n'a plus d'autre père que le bon Dieu !

— Et c'est pourquoi vous leur servez de mère ? ai-je répliqué doucement.

— Ce que je fais est bien peu, a dit la mère Denis, en me mesurant mon lait ; mais tous les jours j'en ramasse quelques-uns dans la rue pour qu'ils mangent une fois à leur faim. Chers enfants! leurs mères me revaudront ça en paradis... Sans compter qu'ils me rappellent la montagne ! quand ils chantent leur chanson et qu'ils dansent, il me semble toujours que je revois notre grand-père !

Ici les yeux de la paysanne sont devenus humides.

— Ainsi vous êtes payée par vos souvenirs du bien que vous leur faites? ai-je repris.

3

— Oui, oui, a-t-elle dit, et aussi par leur joie !
Les ris de ces petits, monsieur, c'est comme un
chant d'oiseau, ça vous donne de la gaieté et du
courage pour vivre.

Tout en parlant, elle a coupé de nouvelles tartines, et y a joint des pommes avec une poignée de
noix.

— Allons, les chérubins, s'est-elle écriée, met-
tez-moi ça dans vos poches pour demain.

Puis, se tournant de mon côté :

— Aujourd'hui je me ruine, a-t-elle ajouté;
mais faut bien faire son carnaval.

Je m'en suis allé sans rien dire; j'étais trop touché.

Enfin je l'avais découvert, le véritable plaisir.
Après avoir vu l'égoïsme de la sensualité et de la
pure intelligence, je trouvais le joyeux dévouement de la bonté! Pierre, M. Antoine et la mère
Denis avaient fait chacun leur carnaval; mais
pour les deux premiers ce n'était que la fête des
sens ou de l'esprit, tandis que pour la troisième
c'était la fête du cœur!

CHAPITRE III.

CE QU'ON APPREND EN REGARDANT PAR SA FENÊTRE.

———

3 mars. — Un poëte a dit que la vie était le rêve d'une ombre : il eût mieux fait de la comparer à une nuit de fièvre ! Quelles alternatives d'agitations et de sommeil ! que de malaises, de sursauts, de soifs renaissantes ! quel chaos d'images douloureuses ou confuses ! Toujours entre le repos et

la veille, on cherche en vain le calme, et l'on s'arrête au bord de l'activité. Les deux tiers de l'existence humaine se consument à hésiter, et le dernier tiers à s'en repentir.

Quand je dis *l'existence humaine*, il faut entendre
la mienne! Nous sommes ainsi faits que chacun
de nous se regarde comme le miroir de la société;
ce qui se passe dans notre cœur nous paraît infail-
liblement l'histoire de l'univers. Tous les hommes
ressemblent à l'ivrogne qui annonce un tremblement de terre, parce qu'il se sent chanceler.

Et pourquoi suis-je incertain et inquiet, moi,
pauvre journalier du monde, qui remplis dans un
coin ma tâche obscure, et dont on utilise l'œuvre
sans prendre garde à l'ouvrier? Je veux vous le
dire à vous, ami invisible, pour qui ces lignes
sont écrites; frère inconnu que les solitaires appellent dans leurs angoisses, confident idéal auquel
s'adressent tous les monologues, et qui n'êtes que
le fantôme de notre propre conscience.

Un grand événement est survenu dans ma vie!
Au milieu de la route monotone que je parcourais
tranquillement et sans y penser, un carrefour

vient tout à coup de s'ouvrir. Deux chemins se
présentent entre lesquels je dois choisir. L'un n'est
que la continuation de celui que j'ai suivi jusqu'à
ce jour ; l'autre, plus large, montre de merveilleu-
ses perspectives. Sur le premier, rien à craindre,
mais aussi peu à espérer ; sur l'autre, les grands
périls et les opulentes réussites ! Il s'agit, en un
mot, de savoir si j'abandonnerai le modeste bureau dans lequel je devais mourir pour une de ces
entreprises hardies où le hasard seul est caissier !

Depuis hier je me consulte, je compare, et reste
indécis.

D'où me viendra la lumière, qui me conseillera?

Dimanche 4. — Voici le soleil qui sort des brumes de l'hiver ; le printemps annonce son appro-
che ; une brise amollie glisse sur les toits, et
mon violier recommence à fleurir !

Nous touchons à cette douce saison des *reverdies,*
tant célébrée par les poëtes sensitifs du seizième
siècle :

> C'est à ce joly moys de may
> Que toute chose renouvelle,
> Et que je vous présentay, belle,
> Entièrement le cœur de moy.

Le gazouillement des moineaux m'appelle ; ils réclament les miettes que je sème pour eux chaque matin. J'ouvre ma fenêtre, et la perspective des toits m'apparaît dans toute sa splendeur.

Celui qui n'a habité que les premiers étages ne soupçonne point la variété pittoresque d'un pareil horizon. Il n'a jamais contemplé cet entrelacement de sommets que la tuile colore; il n'a point suivi du regard ces vallées de gouttières où ondulent les frais jardins de la mansarde, ces grandes ombres que le soir étend sur les pentes ardoisées, et ce scintillement des vitrages qu'incendie le soleil couchant! Il n'a point étudié la flore de ces Alpes civilisées que tapissent les lichens et les mousses; il ne connaît point les mille habitants qui le peuplent, depuis l'insecte microscopique jusqu'au chat domestique, ce renard des toits, toujours en quête ou à l'affût; il n'a point assisté enfin à ces mille aspects du ciel brumeux ou serein; à ces mille effets de lumières, qui font de ces hautes régions un théâtre aux décorations toujours changeantes! Que de fois mes jours de repos se sont écoulés à contempler ce merveilleux

spectacle, à en découvrir les épisodes sombres ou
charmants, à chercher, enfin, dans ce monde inconnu, les *impressions de voyage* que les touristes
opulents cherchent plus bas !

Neuf heures. Mais pourquoi donc mes voisins
ailés n'ont-ils point encore picoré les miettes que
je leur ai éparpillées devant ma croisée? Je les
vois s'envoler, revenir, se percher au faîtage des
fenêtres, et pépier en regardant le festin qu'ils
sont habituellement si prompts à dévorer ! Ce n'est
point ma présence qui peut les effrayer; je les ai
accoutumés à manger dans ma main. D'où vient
alors cette irrésolution craintive? J'ai beau regarder, le toit est libre, les croisées voisines sont fermées. J'émiette le pain qui reste de mon déjeuner,
afin de les attirer par un plus large banquet....
Leurs pépiements redoublent; ils penchent la tête;
les plus hardis viennent voler au-dessus, mais
sans oser s'arrêter.

Allons, mes moineaux sont victimes de quelqu'une de ces sottes terreurs qui font baisser les
fonds à la Bourse! Décidément les oiseaux ne sont
pas plus raisonnables que les hommes !

J'allais fermer ma fenêtre sur cette réflexion, quand j'aperçois tout à coup, dans l'espace lumineux qui s'étend à droite, l'ombre de deux oreilles qui se dressent, puis une griffe qui s'avance, puis la tête d'un chat tigré qui se montre à l'angle de la gouttière. Le drôle était là en embuscade, espérant que les miettes lui amèneraient du gibier.

Et moi qui accusais la couardise de mes hôtes ! J'étais sûr qu'aucun danger ne les menaçait ! je croyais avoir bien regardé partout ! je n'avais oublié que le coin derrière moi !

Dans la vie comme sur les toits, que de malheurs arrivent pour avoir oublié un seul coin !

Dix heures. Je ne puis quitter ma croisée ; pendant si longtemps la pluie et le froid l'ont tenue fermée, que j'ai besoin de reconnaître longuement tous les alentours, d'en reprendre possession. Mon regard fouille successivement tous les points de cet horizon confus, glissant ou s'arrêtant selon la rencontre.

Ah ! voici des fenêtres sur lesquelles il aimait à se reposer autrefois ; ce sont celles de deux voisines lointaines dont les habitudes différentes l'avaient depuis longtemps frappé.

L'une est une pauvre ouvrière levée avant le jour, et dont la silhouette se dessine, bien avant dans la soirée, derrière son petit rideau de mousseline; l'autre est une jeune artiste qui fait arriver, par instants, jusqu'à ma mansarde ses vocalisations capricieuses. Quand leurs fenêtres s'ouvrent. celle de l'ouvrière ne laisse voir qu'un modeste ménage, tandis que l'autre montre un élégant intérieur; mais aujourd'hui une foule de marchands s'y pressent; on détend les draperies de soie, on emporte les meubles, et je me rappelle maintenant que la jeune artiste a passé ce matin sous ma fenêtre enveloppée dans un voile et marchant de ce pas précipité qui annonce quelque trouble intérieur! Ah! je devine tout! ses ressources se sont épuisées dans d'élégants caprices ou auront été emportées par quelque désastre inattendu, et maintenant la voilà tombée du luxe à l'indigence! Tandis que la chambrette de l'ouvrière, entretenue par l'ordre et le travail, s'est modestement embellie, celle de l'artiste est deve-

3.

nue la proie des revendeurs. L'une a brillé un instant, portée par le flot de la prospérité; l'autre côtoie à petits pas, mais sûrement, sa médiocrité laborieuse.

Hélas! n'y a-t-il point ici pour tous une leçon? Est-ce bien dans ces hasardeux essais, au bout desquels se rencontre l'opulence ou la ruine, que l'homme sage doit engager les années de force et de volonté? Faut-il considérer la vie comme une tâche continue qui apporte à chaque jour son salaire, ou comme un jeu qui décide de notre avenir en quelques coups? Pourquoi chercher le danger des chances extrèmes? dans quel but courir à la richesse par les périlleux chemins? Est-il bien sûr que le bonheur soit le prix des éclatantes réussites plutôt que d'une pauvreté sagement acceptée! Ah! si les hommes savaient quelle petite place il faut pour loger la joie, et combien peu son logement coûte à meubler.

Midi. Je me suis longtemps promené dans la longueur de ma mansarde, les bras croisés, la tête sur la poitrine! Le doute grandit en moi comme une ombre qui envahit de plus en plus l'espace

éclairé. Mes craintes augmentent; l'incertitude
me devient à chaque instant plus douloureuse! il
faut que je me décide aujourd'hui, avant ce soir !
j'ai dans ma main les dés de mon avenir et je
tremble de les interroger.

Trois heures. Le ciel s'est assombri, un vent froid
commence à venir du couchant; toutes les fenêtres qui s'étaient ouvertes aux rayons d'un beau
jour, ont été refermées. De l'autre côté de la rue
seulement, le locataire du dernier étage n'a point
encore quitté son blacon.

On reconnaît le militaire à sa démarche caden-
cée, à sa moustache grise et au ruban qui orne sa
boutonnière; on le devinerait à ses soins attentifs
pour le petit jardin qui décore sa galerie aérienne;
car il y a deux choses particulièrement aimées de
tous les vieux soldats, les fleurs et les enfants !
Longtemps obligés de regarder la terre comme un
champ de bataille, et sevrés des paisibles plaisirs
d'un sort abrité, ils semblent commencer la vie à
l'âge où les autres la finissent. Les goûts des premières années, arrêtés chez eux par les rudes devoirs de la guerre refleurissent, tout à coup, sous

leurs cheveux blancs ; c'est comme une épargne de jeunesse dont ils touchent tardivement les arrérages. Puis, condamnés si longtemps à détruire, ils trouvent peut-être une secrète joie à créer et à voir renaître. Agents de la violence inflexible, ils se laissent plus facilement charmer par la faiblesse gracieuse ! Pour ces vieux ouvriers de la mort, protéger les frêles germes de la vie a tout l'attrait de la nouveauté.

Aussi le vent froid n'a pu chasser mon voisin de son balcon. Il laboure le terrain de ses caisses vertes ; il y sème, avec soin, les graines de capucine écarlate, de volubilis et de pois de senteur. Désormais il viendra tous les jours épier leur germination, défendre les pousses naissantes contre l'herbe parasite ou l'insecte, disposer les fils conducteurs pour les tiges grimpantes, leur distribuer avec précaution l'eau et la chaleur !

Que de peines pour amener à bien cette moisson ! Combien de fois je le verrai braver pour elle, comme aujourd'hui, le froid ou le chaud, la bise ou le soleil ! Mais aussi, aux jours les plus ardents de l'été, quand une poussière enflammée tourbillonnera dans nos rues, quand l'œil, ébloui par l'éclat du plâtre, ne saura où se reposer, et que les tuiles échauffées nous brûleront de leurs rayonnements, le vieux soldat, assis sous sa tonnelle, n'apercevra autour de lui que verdure ou que fleurs, et respirera la brise rafraîchie par un ombrage parfumé. Ses soins assidus seront enfin récompensés.

Pour jouir de la fleur, il faut semer la graine et cultiver le bourgeon.

Quatre heures. Le nuage qui se formait depuis longtemps à l'horizon a pris des teintes plus sombres; le tonnerre gronde sourdement, la nue se déchire! les promeneurs surpris s'enfuient de toutes parts avec des rires et des cris.

Je me suis toujours singulièrement amusé de ces « sauve qui peut » amenés par un subit orage. Il semble alors que chacun, surpris à l'improviste, perde le caractère factice que lui a fait le monde ou l'habitude pour trahir sa véritable nature.

Voyez plutôt ce gros homme à la démarche délibérée, qui, oubliant tout à coup son insouciance de commande, court comme un écolier !

c'est un bourgeois économe qui se donne des airs de dissipateur, et qui tremble de gâter son chapeau.

Là-bas, au contraire, cette jolie dame, dont l'allure est si modeste et la toilette si soignée, ralentit le pas sous l'orage qui redouble! Elle semble trouver plaisir à le braver, et ne songe point à son camail de velours moucheté par la grêle! C'est évidemment une lionne déguisée en brebis.

Ici un jeune homme qui passait s'est arrêté pour recevoir dans sa main quelques-uns des grains congelés qu'il examine. A voir, tout à l'heure, son pas rapide et affairé, vous l'auriez pris pour un commis en recouvrement, tandis que c'est un jeune savant qui étudie les effets de l'électricité.

Et ces enfants qui rompent leurs rangs pour courir après les raffales de la giboulée; ces jeunes filles, tout à l'heure les yeux baissés, qui s'enfuient maintenant avec des éclats de rire; ces gardes nationaux qui renoncent à l'attitude martiale de leurs jours de service pour se réfugier sous un porche! L'orage a fait toutes ces métamorphoses.

Le voilà qui redouble ! Les plus impassibles
sont forcés de chercher un abri. Je vois tout le
monde se précipiter vers la boutique placée en
face de ma fenêtre, et qu'un écriteau annonce *à
louer*. C'est la quatrième fois depuis quelques mois.
Il y a un an que toute l'adresse du menuisier et
toutes les coquetteries du peintre avaient été employées à l'embellir ; mais l'abandon des locatai-
res successifs a déjà effacé leur travail ; la boue
déshonore les moulures de sa façade ; des affiches
de ventes au rabais salissent les arabesques de sa
devanture. A chaque nouveau locataire, l'élégant
magasin a perdu quelque chose de son luxe. Le
voilà vide et livré aux passants ! Que de destinées
qui lui ressemblent, et ne changent de maître,
comme lui, que pour courir plus vite à la ruine ! »

Cette dernière réflexion m'a frappé : depuis ce
matin, tout semble prendre une voix pour me
donner le même avertissement. Tout me crie :
—Prends garde ! contente-toi de ton heureuse pauvreté ; les joies demandent à être cultivées avec
suite ; n'abandonne pas tes anciens patrons pour
te donner à des inconnus !

Sont-ce les faits qui parlent ainsi, ou l'avertissement vient-il du dedans ? N'est-ce point moi-même
qui donne ce langage à tout ce qui m'entoure ? Le
monde n'est qu'un instrument auquel notre volonté prête un accent ! Mais qu'importe si la leçon
est sage ? La voix qui parle tout bas dans notre
sein est toujours une voix amie, car elle nous
révèle ce que nous sommes, c'est-à-dire ce que
nous pouvons. La mauvaise conduite résulte, le
plus souvent, d'une erreur de vocation. S'il y a
tant de sots et de méchants, c'est que la plupart des hommes se méconnaissent eux-mêmes. La
question n'est pas de savoir ce qui nous convient,
mais ce à quoi nous convenons !

Qu'irai-je faire, moi, au milieu de ces hardis
aventuriers de la finance ! Pauvre moineau né
sous les toits, je craindrais toujours l'ennemi qui
se cache dans le coin obscur ; prudent travailleur,
je penserais au luxe de la voisine si subitement
évanoui ; observateur timide, je me rappellerais
les fleurs lentement élevées par le vieux soldat, ou
la boutique dévastée pour avoir changé de maîtres ! Loin de moi les festins au-dessus desquels

pendent des épées de Damoclès ! Je suis un rat des champs ; je veux manger mes noix et mon lard assaisonnés par la sécurité.

Et pourquoi cet insatiable besoin d'enrichissement ? Boit-on davantage parce qu'on boit dans un plus grand verre ? D'où vient cette horreur de tous les hommes pour la médiocrité, cette féconde mère du repos et de la liberté ? Ah ! c'est là surtout le mal que devraient prévenir l'éducation publique et l'éducation privée. Lui guéri, combien de trahisons évitées, que de lâchetés de moins, quelle chaîne de désordres et de crimes à jamais rompue. On donne des prix à la charité, au sacrifice ; donnez-en surtout à la modération, car c'est la grande vertu des sociétés ! Quand elle ne crée pas les autres, elle en tient lieu.

Six heures. J'ai écrit aux fondateurs de la nouvelle entreprise une lette de remercîment et de re fus ! Cette résolution m'a rendu la tranquillité. Comme le savetier, j'avais cessé de chanter depuis que je logeais cette opulente espérance ; la voilà partie, et la joie est revenue !

O chère et douce Pauvreté ! pardonne-moi d'a-

voir un instant voulu te fuir comme on eût fui
l'indigence ; établis-toi ici à jamais avec tes charmantes sœurs la Pitié, la Patience, la Sobriété et
la Solitude ; soyez mes reines et mes institutrices;
apprenez-moi les austères devoirs de la vïe ; éloi-
gnez de ma demeure les infirmités de cœur et les
vertiges qui suivent la prospérité. Pauvreté sainte!
apprends-moi à supporter sans me plaindre, à
partager sans hésitation, à chercher le but de l'e-
xistence plus haut que les plaisirs, plus loin que
la puissance. Tu fortifies le corps, tu raffermis
l'âme, et, grâce à toi, cette vie à laquelle l'opulent
s'attache comme à un rocher, devient un esquif
dont la mort peut dénouer le câble sans éveiller notre désespoir. Continue à me soutenir, ô toi que le
Christ a surnommée *la Bienheureuse.*

CHAPITRE IV.

AIMONS-NOUS LES UNS LES AUTRES.

—◦✕◦—

9 avril. Les belles soirées sont revenues; les arbres commencent à déplisser leurs bourgeons; les hyacinthes, les jonquilles, les violettes et les lilas parfument les éventaires des bouquetières; la foule a repris ses promenades sur les quais, sur es boulevards. Après dîner, je suis aussi descendu de ma mansarde pour respirer l'air du soir.

C'est l'heure où Paris se montre dans toute sa beauté. Pendant la journée, le plâtre des façades fatigue l'œil par sa blancheur monotone, les chariots pesamment chargés font trembler les pavés sous leurs roues colossales, la foule empressée se croise et se heurte, uniquement occupée de ne point manquer l'instant des affaires ; l'aspect de la ville entière a quelque chose d'âpre, d'inquiet et de haletant; mais dès que les étoiles se lèvent, tout change; les blanches maisons s'éteignent dans une ombre vaporeuse ; on n'entend plus que le roulement des voitures qui courent à quelque fête ; on ne voit que passants flâneurs ou joyeux ; le travail a fait place aux loisirs. Maintenant chacun respire de cette course ardente à travers les occupations du jour; ce qui reste de force est donné au plaisir! Voici les bals qui éclairent leurs péristyles, les spectacles qui s'ouvrent, les boutiques de friandises qui se dressent le long des promenades, les crieurs de journaux qui font briller leur lanterne. Paris a décidément déposé la plume, le mètre et le tablier ; après la journée livrée au

travail, il veut la soirée pour jouir; comme les
maîtres de Thèbes, il a remis au lendemain les
affaires sérieuses.

, J'aime à partager cette heure de fête, non pour
me mêler à la gaîté commune, mais pour la contempler. Si la joie des autres aigrit les cœurs jaloux,
elle fortifie les cœurs soumis ; c'est le rayon de soleil qui fait épanouir ces deux belles fleurs qu'on
nomme la *confiance et l'espoir.*

Seul au milieu de la multitude riante, je ne me
sens point isolé, car j'ai le reflet de sa gaieté ; c'est
ma famille humaine qui se réjouit de vivre ; je
prends une part fraternelle à son bonheur. Compagnons d'armes dans la bataille terrestre, qu'importe à qui va le prix de la victoire ? Si la fortune
passe à nos côtés sans nous voir, et prodigue ses
caresses à d'autres, consolons-nous comme l'ami
de Parménion, en disant : — Ceux-là sont aussi
Alexandre !

Tout en faisant ces réflexions, j'allais devant
moi, à l'aventure. Je passais d'un trottoir à l'autre, je revenais sur mes pas, je m'arrêtais aux
boutiques et aux affiches ! Que de choses à appren-

drc dans les rues de Paris ! Quel Musée ? Fruits inconnus, armes étranges, meubles d'un autre temps ou d'autres lieux, animaux de tous les climats, images des grands hommes, costumes des nations lointaines! Le monde est là par échantillons.

Aussi voyez ce peuple dont l'instruction s'est faite le long des vitres et devant l'étalage des marchands ! rien ne lui a été enseigné, et il a une première idée de toutes choses. Il a vu des ananas chez Chevet, un palmier au Jardin-des-Plantes, des cannes à sucre en vente sur le Pont-Neuf. Les peaux rouges exposées à la salle Valentino lui ont appris à mimer la danse du bison et à fumer le calumet; il a fait manger les lions de Carter; il connaît les principaux costumes nationaux d'après la collection de Babin ; les étalages de Goupil lui ont mis sous les yeux les chasses au tigre de l'Afrique et les séances du Parlement anglais; il a fait connaissance, à la porte du bureau de l'*Illustration*, avec la reine Victoria, l'empereur d'Autriche et Kossuth! On peut certes l'instruire, mais non l'étonner : car aucune chose n'est complétement nouvelle pour lui. Vous pouvez promener le

gamin de Paris dans les cinq parties du monde,
et, à chaque étrangeté dont vous croirez l'éblouir,
il vous répondra par le mot sacramentel et populaire : *Connu.*

Mais cette variété d'exhibitions qui fait de Paris
la foire du monde, n'offre point seulement au
promeneur un moyen de s'instruire ; c'est une
perpétuelle excitation pour l'imagination éveillée,
un premier échelon toujours dressé devant nos
songes. En la voyant, que de voyages entrepris
par la pensée, quelles aventures rêvées, combien
de merveilleux tableaux ébauchés ! Je ne regarde
jamais, près des bains Chinois, cette boutique
tapissée de jasmins des Florides et pleine de ma-
gnolias, sans voir se dérouler devant mes yeux
toutes les clairières des forêts du nouveau monde
décrites par l'auteur d'Atala.

Puis, quand cette étude des choses, et cet entretien avec la pensée ont amené la fatigue, regar-
dez autour de vous ! quels contrastes de tournu-
res et de physionomies dans la multitude ! quel
vaste champ d'exercice pour la méditation! L'é-
clair d'un regard entrevu, quelques mots saisis

au passage ouvrent mille perspectives. Vous cher-
chez à comprendre ces révélations incomplètes,
comme l'antiquaire s'efforce de déchiffrer l'inscription mutilée de quelque vieux monument,
vous bâtissez une histoire sur un geste, sur une
parole !... Jeux émouvants de l'intelligence qui se
repose dans la fiction des lourdes banalités du réel.

Hélas ! en passant près de la porte-cochère d'un
hôtel, j'ai, tout à l'heure, aperçu un triste sujet
pour une de ces histoires. Au coin le moins lumineux, un homme était debout, la tête nue et ten-
dant son chapeau à la charité des passants. Son
habit avait cette propreté indigente qui prouve
une misère longtemps combattue. Boutonné avec
soin, il cachait l'absence du linge. Le visage à
demi voilé par de longs cheveux gris et les yeux
fermés, comme s'il eût voulu échapper au spectacle de son humiliation, le mendiant demeurait
muet, sans mouvement. Les promeneurs passaient
avec distraction à côté de cette indigence qu'enveloppaient le silence et l'ombre ! Heureux d'échapper a l'importunité de la plainte, ils détournaient
les yeux ! Tout à coup la porte cochère a glissé

sur ses gonds ; un équipage très-bas, garni de lanternes d'argent et traîné par deux chevaux noirs, est, sorti doucement, puis s'est élancé vers le faubourg Saint-Germain. A peine ai-je pu distinguer, au fond, le scintillement des diamants et des fleurs de bal ! la lueur des lanternes a passé comme une raie sanglante sur la pâle figure du mendiant, ses yeux se sont ouverts, un éclair a illuminé son regard qui a poursuivi l'opulent équipage jusqu'à ce qu'il ait disparu dans la nuit !

J'ai laissé tomber dans le chapeau toujours étendu une légère aumône, et je suis passé vite !

Je venais de surprendre les deux plus tristes secrets du mal qui tourmente notre siècle, l'envie haineuse de celui qui souffre, l'oubli égoïste de celui qui jouit !

Tout le plaisir de cette promenade s'est évanoui; j'ai cessé de regarder autour de moi pour rentrer en moi-même. Au spectacle animé et mouvant de la rue a succédé la discussion intérieure de tous ces douloureux problèmes écrits depuis quatre mille ans au fond de chacune des luttes

4

humaines, mais plus clairement posés de nos
jours.

Je songeais à l'inutilité de tant de combats qui
n'avaient fait que déplacer alternativement le
malheur avec la victoire, aux malentendus passionnés renouvelant, de génération en génération,
la sanglante histoire d'Abel et de Caïn ; et, attristé
par ces lugubres images, je marchais à l'aventure,
lorsque le silence qui s'était fait autour de moi
m'a insensiblement retiré à ma préoccupation.

J'étais arrivé à une de ces rues écartées où l'aisance sans faste et la méditation laborieuse aiment
à s'abriter. Aucune boutique ne bordait les trot-
toirs faiblement éclairés , on n'entendait que le
bruit éloigné des voitures et les pas de quelques
habitants qui regagnaient tranquillement leurs
demeures.

Je reconnus aussitôt la rue, bien que je n'y
fusse venu qu'une fois.

Il y avait de cela deux années : à la même époque, je longeais la Seine, dont les berges noyées
dans l'ombre laissaient le regard s'étendre en tous
sens, et à laquelle l'illumination des quais et des

ponts donnait l'aspect d'un lac enguirlandé d'étoiles. J'avais atteint le Louvre, lorsqu'un rassemblement formé près du parapet m'arrêta : on entourait un enfant d'environ six ans, qui pleurait. Je
demandai la cause de ses larmes.

— Il paraît qu'on l'a envoyé promener aux
Tuileries, me dit un maçon qui revenait du travail, sa truelle à la main ; le domestique qui le
conduisait a trouvé là des amis et a dit à l'enfant
de l'attendre tandis qu'il allait prendre un *canon*;
mais faut croire que la soif lui sera venue en
buvant, car il n'a pas reparu, et le petit ne retrouve plus son logement.

— Ne peut-on lui demander son nom et son
adresse ?

— C'est ce qu'ils font depuis une heure ; mais
tout ce qu'il peut dire, c'est qu'il s'appelle Charles,
et que son père est M. Duval... Il y en a douze
cents dans Paris, des Duval.

— Ainsi il ne sait pas le nom du quartier où il
demeure ?

— Ah bien oui ! vous ne voyez donc pas que c'est
un petit riche ? Ça n'est jamais sorti qu'en voiture,

ou avec un laquais ; ça ne sait pas se conduire tout seul.

Ici le maçon fut interrompu par quelques voix qui s'élevaient au-dessus des autres.

— On ne peut pas le laisser sur le pavé, disaient les uns.

— Les enleveurs d'enfants l'emporteraient, continuaient les autres.

— Il faut l'emmener chez le commissaire.

— Ou à la préfecture de police.

— C'est cela, viens, petit !

Mais l'enfant, que ces avertissements de danger et ces noms de police et de commissaire avaient effrayé, criait plus fort, en reculant vers le parapet. On s'efforçait en vain de le persuader, sa résistance grandissait avec son inquiétude, et les plus empressés commençaient à se décourager, lorsque la voix d'un petit garçon s'éleva au milieu du débat.

— Je le connais bien, moi, dit-il en regardant l'enfant perdu ; il est de notre quartier.

— Quel quartier ?

— Là-bas, de l'autre côté des boulevards, *rue des Magasins.*

— Et tu l'as déjà vu ?

— Oui, oui, c'est le fils de la grande maison au bout de la rue, où il y a une porte à grille avec des pointes dorées.

L'enfant redressa vivement la tête, et les larmes s'arrêtèrent dans ses yeux.

Le petit garçon répondit à toutes les questions qui lui furent adressées, et donna des renseignements qui ne pouvaient laisser aucun doute. L'enfant égaré le comprit, car il s'approcha de lui comme s'il eût voulu se mettre sous sa protection.

— Ainsi, tu peux le conduire à ses parents ? demanda le maçon qui avait écouté l'explication avec un véritable intérêt.

— Ça ne sera pas malin, répliqua le petit garçon, c'est ma route.

— Alors tu t'en charges ?

— Il n'a qu'à venir.

Et, reprenant le panier qu'il avait déposé sur le trottoir, il se dirigea vers la poterne du Louvre.

L'enfant perdu le suivit.

— Pourvu qu'il le conduise bien ! dis-je en les voyant s'éloigner.

— Soyez donc calme, reprit le maçon ; le petit en blouse a le même âge que l'autre ; mais, comme on dit, *ça connaît les couleurs* ; la misère, voyez-vous, est une fameuse maîtresse d'école !

Le rassemblement s'était dispersé : je me dirigeai à mon tour vers le Louvre ; l'idée m'était venue de suivre les deux enfants afin de prévenir toute erreur.

Je ne tardai pas à les rejoindre ; ils marchaient l'un près de l'autre, déjà familiarisés et causant.

Le contraste de leurs costumes frappa alors mes regards. Le petit Duval portait un de ces habillements de fantaisie qui joignent le bon goût à l'opulence : sa veste serrée à la taille était artistement soutachée, un pantalon plissé depuis la ceinture descendait sur des brodequins vernis à boutons de nacre, et une casquette de velours cachait à demi ses cheveux bouclés. La mise de son conducteur, au contraire, indiquait les dernières limites de la pauvreté, mais de celle qui résiste et ne s'abandonne pas. Sa vieille blouse, diaprée de morceaux de teintes différentes, indiquait la persistance d'une mère laborieuse luttant contre les usures du temps; les jambes de son pantalon, devenues trop courtes, laissaient voir des bas reprisés à plusieurs fois, et il était évident que ses souliers n'avaient point été primitivement destinés à son usage.

Les physionomies des deux enfants ne différaient pas moins que leur costume. Celle du premier était délicate et distinguée; l'œil d'un bleu limpide, la peau fine, les lèvres souriantes, lui donnaient un charme d'innocence et de bonheur ; les traits du second, au contraire, avaient une certaine rudesse ; le regard était vif et mobile, le teint bruni, la bouche moins riante que narquoise; tout indiquait l'intelligence aiguisée par une précoce expérience ; il marchait avec confiance au milieu des rues que les voitures sillonnaient, et suivait sans hésitation leurs mille détours.

J'appris de lui qu'il apportait tous les jours le dîner de son père, alors occupé sur la rive gauche de la Seine; la responsabilité dont il était chargé l'avait rendu attentif et prudent. Il avait reçu ces dures mais puissantes leçons de la nécessité que rien n'égale, ni ne remplace. Malheureusement les besoins du pauvre ménage l'avaient forcé à négliger l'école, et il paraissait le regretter, car souvent il s'arrêtait devant les gravures et demandait à son compagnon de lui en lire les inscriptions.

Nous atteignîmes ainsi le boulevard Bonne-Nouvelle, où l'enfant égaré commença à se reconnaître; malgré la fatigue il pressa le pas; un trouble mêlé d'attendrissement l'agitait; à la vue de sa maison il poussa un cri et courut vers la grille aux pointes dorées; une femme, qui attendait sur le seuil, le reçut dans ses bras, et, aux exclamations de joie, au bruit des baisers, j'eus bientôt reconnu sa mère.

Ne voyant revenir ni le domestique ni l'enfant, elle avait envoyé de tous côtés à leur recherche et attendait dans une anxiété palpitante.

Je lui expliquai, en peu de mots, ce qui était arrivé : elle me remercia avec effusion, et chercha le petit garçon qui avait reconnu et reconduit son fils; mais pendant notre explication il avait disparu.

C'était la première fois que je revenais depuis dans ce quartier. La reconnaissance de la mère avait-elle persisté? Les deux enfants s'étaient-ils retrouvés, et l'heureux hasard de leur rencontre avait-il abaissé devant eux cette barrière qui peut distinguer les classes, mais qui ne devrait point les diviser?

Je m'adressais ces questions en ralentissant le pas, et les yeux fixés sur la grande grille que je venais d'apercevoir. Tout à coup je la vis s'ouvrir, et deux enfants parurent sur le seuil. Bien que grandis, je les reconnus au premier coup d'œil : c'étaient l'enfant trouvé près du parapet du Louvre et son jeune conducteur. Le costume de ce dernier avait seulement subi d'importantes modifications : sa blouse de toile grise, dont la propreté touchait presque à l'élégance, était serrée à la taille par une ceinture de cuir verni; il était chaussé de forts souliers, mais faits à son pied, et coiffé d'une casquette de coutil toute neuve.

Au moment où je l'aperçus il tenait des deux mains un énorme bouquet de lilas auquel son compagnon s'efforçait d'ajouter des narcisses et des primevères; les deux enfants riaient et se dirent amicalement adieu. Le fils de M. Duval ne rentra qu'après avoir vu son compagon tourner le coin de la rue.

J'accostai alors ce dernier et lui rappelai notre rencontre; il me regarda un instant, puis parut me reconnaître.

— Pardon, excuse, si je ne vous salue pas, dit-il gaiement, mais il faut mes deux mains pour le bouquet que m'a donné M. Charles.

— Vous êtes donc devenus bons amis? demandai-je.

— Oh! je crois bien, dit l'enfant; maintenant mon père est riche aussi!

— Comment cela?

— M. Duval lui a prêté un peu d'argent; il s'est mis en chambre où il fabrique pour son compte, et moi je vais à l'école.

— Au fait, repris-je en remarquant pour la première fois la croix qui décorait la blouse de l'enfant; je vois que vous êtes *empereur!*

— M. Charles m'aide à étudier, et comme ça je suis devenu le plus fort de toute la classe.

— Vous venez alors de prendre votre leçon?

— Oui, et il m'a donné du lilas, car il y a un jardin où nous jouons ensemble et qui fournit ma mère de fleurs.

— Alors c'est comme si vous en aviez une part.

—Juste! Ah! ce sont de bons voisins, allez. Mais me voilà rendu; au revoir, monsieur.

L'enfant me fit de la tête un salut souriant, et disparut.

Je continuai ma route, pensif, mais le cœur soulagé. Si j'avais vu ailleurs le contraste douloureux de l'opulence et de la misère, ici je trouvais l'alliance amicale de la richesse et de la pauvreté. La bonne volonté avait adouci, des deux côtés, les inégalités trop rudes, et établi entre l'humble atelier et le brillant hôtel un chemin de bon voisinage. Loin de prêter l'oreille à la voix de l'intérêt, chacun avait écouté celle du dévouement, et il n'était resté place, ni au dédain, ni à l'envie. Aussi, au lieu du mendiant en haillons que j'avais aperçu près de l'autre seuil, maudissant la richesse, je trouvais l'heureux enfant de l'ouvrier chargé de fleurs et la bénissant! Le problème, si difficile et si périlleux à discuter rien qu'avec le droit, je venais de le voir résolu par l'amour!

CHAPITRE V.

LA COMPENSATION.

————

Dimanche 27 mai. Les capitales ont cela de particulier que les jours de repos semblent le signal d'un sauve-qui-peut universel. Comme des oiseaux auxquels la liberté vient d'être rendue, les populations sortent de leurs cages de pierre et s'envolent joyeusement vers la campagne. C'est à qui

trouvera une motte verdoyante pour s'asseoir,
l'ombre d'un buisson pour s'abriter; on cueille les
marguerites de mai, on court dans les champs; la
ville est oubliée jusqu'au soir où l'on revient le
chapeau fleuri d'une branche d'aubépine et le cœur
égayé d'un doux souvenir; on reprendra le lendemain le joug du travail.

Ces velléités champêtres sont surtout remarqua-
bles à Paris. Les beaux jours venus, employés,
bourgeois, ouvriers attendent avec impatience chaque dimanche pour aller essayer quelques heures
de cette vie pastorale; on fait deux lieues entre les
boutiques d'épiciers et de marchands de vin des
faubourgs, dans le seul espoir de découvrir un vrai
champ de navets. Le père de famille commence
l'instruction pratique de son fils en lui montrant
du blé qui n'a pas la forme de petits pains et des
choux « à l'état sauvage. » Dieu sait que de rencon-
tres, de découvertes, d'aventures! Quel Parisien
n'a point eu son Odyssée en parcourant la banlieue
et ne pourrait écrire le pendant du fameux *Voyage
par terre et par mer de Paris à Saint-Cloud!*

Nous ne parlerons point ici de cette population

flottante venue de partout, pour qui notre Baby-
lone française n'est que le caravansérail de l'Europe; phalange de penseurs, d'artistes, d'indus-
triels, de voyageurs qui, comme le héros d'Ho-
mère, ont abordé leur patrie intellectuelle après
avoir vu « beaucoup de peuples et de cités; » mais
du Parisien sédentaire, rangé, vivant à son étage
comme le mollusque sur son rocher, curieux
vestige de la crédulité, de la lenteur et de la bonhomie des siècles passés.

Car une des singularités de Paris est de réunir
vingt populations complétement différentes de
mœurs et de caractère. A côté des bohémiens du commerce et de l'art, qui traversent successivement tous
les degrés de la fortune ou du caprice, vit une paisible tribu de rentiers et de travailleurs établis, dont
l'existence ressemble au cadran d'une horloge sur
laquelle la même aiguille ramène successivement
les mêmes heures. Si aucune autre ville n'offre des
vies plus éclatantes, plus agitées, aucune autre ne
peut en offrir de plus obscures et de plus calmes. Il
en est des grandes cités comme de la mer; l'orage
ne trouble que la surface; en descendant jusqu'au

fond, vous trouvez une région inaccessible au mouvement et au bruit.

Pour ma part je campais au bord de cette région sans l'habiter véritablement. Placé en dehors des turbulences publiques, je vivais réfugié dans mon isolement, mais sans pouvoir détacher ma pensée de la lutte. J'en suivais de loin tous les incidents avec bonheur, ou avec angoisse ; je m'associais aux triomphes ou aux funérailles ! pour qui regarde et qui sait, le moyen de ne pas prendre part ! Il n'y a que l'ignorance qui peut rendre étranger à la vie extérieure ; l'égoïsme même ne suffit point pour cela.

Ces réflexions que je faisais à part moi, dans ma mansarde, étaient entrecoupées par tous les « actes domestiques » auxquels se livre forcément un célibataire qui n'a d'autre serviteur que sa bonne volonté. En poursuivant mes déductions, j'avais ciré mes bottes, brossé mon habit, noué ma cravate ; j'étais enfin arrivé à ce moment solennel où l'on se demande, comme Dieu après la création du monde, *si l'on trouve cela bien.*

Une grande résolution venait de m'arracher à

mes habitudes : la veille, des affiches m'avaient appris que c'était fête à Sèvres, que la manufacture de porcelaine serait ouverte au public. Séduit, le matin même, par la beauté du ciel, je m'étais subitement décidé à y aller.

En arrivant au débarcadère de la rive gauche, j'aperçus la foule qui se hâtait, attentive à ne point manquer l'heure. Outre beaucoup d'autres avantages, les chemins de fer auront celui d'accoutumer les Français à l'exactitude. Certains d'être commandés par l'heure, ils se résigneront à lui obéir ; ils apprendront à attendre quand ils ne pourront plus être attendus. Les vertus sociales sont surtout de bonnes habitudes. Que de grandes qualités inoculées à certains peuples par la position géographique, par la nécessité politique, par les institutions ! La création d'une monnaie d'airain trop lourde e trop volumineuse pour être entassée tua, pour un temps, l'avarice chez les Lacédémoniens.

Je me suis trouvé dans un wagon près de deux sœurs déjà sur le retour, appartenant à la classe des Parisiens casaniers et paisibles dont j'ai parlé plus haut. Quelques complaisances de bon voisinage ont suffi pour m'attirer leur confiance ; au bout de quelques minutes je savais toute leur histoire.

Ce sont deux pauvres filles restées orphelines à quinze ans et qui, depuis, ont vécu comme vivent les femmes qui travaillent, d'économie et de privations. Fabriquant depuis vingt ou trente ans des agrafes pour la même maison, elles ont vu dix maîtres s'y succéder et s'enrichir, sans que rien ait changé dans leur sort. Elles habitent toujours la même chambre, au fond d'une de ces impasses de la rue Saint-Denis où l'air et le soleil sont inconnus. Elles se mettent au travail avant le jour, le prolongent après la nuit, et voient les années se joindre aux années sans que leur vie ait été marquée par aucun autre événement que l'office du dimanche, une promenade ou une maladie.

La plus jeune de ces dignes ouvrières a quarante ans et obéit à sa sœur comme elle le faisait toute petite. L'aînée la surveille, la soigne et la gronde avec une tendresse maternelle. Au premier instant on rit, puis on ne peut s'empêcher de trouver quelque chose de touchant dans ces deux enfants en

cheveux gris dont l'une n'a pu se désaccoutumer
d'obéir, l'autre de protéger.

Et ce n'est point en cela seulement que mes deux
compagnes sont plus jeunes que leur âge : igno-
rantes de tout, elles s'étonnent sans cesse. Nous ne
sommes point arrivés à Clamart qu'elles s'écrie-
raient volontiers, comme le roi de la ronde enfantine, qu'elles ne *croyaient pas le monde si grand !*

C'est la première fois qu'elles se hasardent sur
un chemin de fer, et il faut voir les saisissements,
les frayeurs, les résolutions courageuses! tout les
émerveille! Elles ont dans leur âme un arriéré de
jeunesse qui les rend sensibles à ce qui ne nous
frappe ordinairement que dans les premières années. Pauvres créatures qui, en ayant gardé les
sensations d'un autre âge, en ont perdu la grâce!
Mais n'y a-t-il pas quelque chose de saint dans
cette ingénuité que leur a conservée le jeûne de
toutes les joies? Ah! maudit soit le premier qui a
eu le triste courage d'enchaîner le ridicule à ce
nom de vieille fille qui rappelle tant de déceptions
douloureuses, tant d'ennuis, tant de délaissement!
Maudit celui qui a pu trouver un sujet de sarcasme

dans un malheur involontaire; et qui a couronné d'épines des cheveux blanchis !

Les deux sœurs s'appellent Françoise et Madeleine; leur voyage d'aujourd'hui est un coup d'audace sans exemple dans leur vie. La fièvre du siècle les a gagnées à leur insu. Hier Madeleine a subitement jeté cette idée de promenade, Françoise l'a accueillie sur-le-champ. Peut-être eût-il mieux valu ne point céder à la tentation offerte par la jeune sœur; mais « on fait des folies à tout âge, » comme le remarque philosophiquement la prudente Françoise. Quant à Madeleine, elle ne regrette rien; c'est le mousquetaire du ménage.

— Il faut bien s'amuser, dit-elle, « on ne vit qu'une fois. »

Et la sœur aînée sourit à cette maxime épicurienne. Il est évident que toutes deux sont dans une crise d'indépendance.

Du reste, ce serait grand dommage que le regret vînt déranger leur joie! elle est si franche, si expansive! La vue des arbres qui semblent courir des deux côtés de la route leur cause une incessante admiration. La rencontre d'un train qui

passe en sens inverse, avec le bruit et la rapidité
de la foudre, leur fait fermer les yeux et jeter un
cri ; mais tout a déjà disparu ! Elles regardent, se
rassurent, s'émerveillent. Madeleine déclare qu'un
pareil spectacle vaut le prix du voyage, et Françoise
en tomberait d'accord si elle ne songeait, avec un
peu d'effroi, au déficit dont une pareille dépense
doit charger leur budget. Ces trois francs consa-
crés à une seule promenade, c'est l'économie d'une
semaine entière de travail. Aussi la joie de l'aînée
des deux sœurs est-elle entrecoupée de remords ;
l'enfant prodigue retourne par instants les yeux
vers la ruelle du quartier Saint-Denis.

Mais le mouvement et la succession des objets
viennent la distraire. Voici le pont du Val encadré
dans son merveilleux paysage : à droite , Paris
avec ses grands monuments qui découpent la brume ou étincellent au soleil; à gauche, Meudon
avec ses *villas*, ses bois, ses vignes et son château
royal ! Les deux ouvrières vont d'une portière
à l'autre en jetant des cris d'admiration. Nos compagnons de voyage rient de cette surprise enfantine; moi je me sens attendri, car j'y vois le témoi-

5.

gnage d'une longue et monotone réclusion; ce
sont des prisonnières du travail qui ont retrouvé,
pour quelques heures, l'air et la liberté.

Enfin, le train s'arrête; nous descendons. Je
montre aux deux sœurs le sentier qui conduit jusqu'à Sèvres, entre le chemin de fer et les jardins;
elles partent en avant tandis que je m'informe des
heures de retour.

Je les retrouve bientôt à la station suivante où
elles se sont arrêtées devant le petit jardin du garde-
barrière; toutes deux sont déjà en conversation ré-
glée avec l'employé qui bine ses plates-bandes et y
trace des rayons pour les semis de fleurs. Il leur apprend que c'est l'époque où les herbes parasites
sont le plus utilement sarclées, où l'on fait les bou-
tures et les marcottes, où l'on sème les plantes-an-
nuelles, où l'on enlève les pucerons des rosiers.
Madeleine a sur le rebord de sa croisée deux caisses
où, faute d'air et de soleil, elle n'a jamais pu faire
pousser que du cresson; mais elle se persuade que,
grâce à ces instructions, tout va prosperer désormais. Enfin le garde-barrière, qui sème une bor-
dure de réséda, lui donne un reste de graines

qu'il n'a pu employer, et la vieille fille s'en va
ravie, recommençant, à propos de ces fleurs en
espérance, le rêve de Perrette à propos du pot au
lait.

Arrivé au quiconce d'acacias où se célèbre la
fête, je perds de vue les deux sœurs. Je parcours
seul cette exhibition de loteries en plein vent, de
parades de saltimbanques, de carrousels et de tirs
à l'arbalète. J'ai toujours été frappé de l'entrain
des fêtes champêtres. Dans les salons, on est froid,
sérieux, souvent ennuyé : la plupart de ceux qui
viennent là sont amenés par l'habitude ou par
des obligations de société ; dans les réunions villa-
geoises, au contraire, vous ne trouvez que des
assistants qu'attire l'espoir du plaisir. Là-bas, c'est
une conscription forcée ; ici ce sont les volontaires
de la gaieté ! Puis, quelle facilité à la joie ! Comme
cette foule est encore loin de savoir que ne se
plaire à rien et railler tout est le suprême bon ton !
Sans doute ces amusements sont souvent grossiers ;
la délicatesse et l'idéalité leur manquent ; mais ils
ont du moins la sincérité. Ah ! si l'on pouvait
garder à ces fêtes leur vivacité joyeuse en y mêlant

un sentiment moins vulgaire ! Autrefois la religion imprimait aux solennités champêtres son
grand caractère, et purifiait le plaisir sans lui ôter
sa naïveté !

C'est l'heure où les portes de la manufacture de
porcelaine et du musée céramique s'ouvrent au
public; je retrouve dans la première salle Françoise et Madeleine. Saisies de se voir au milieu de
ce luxe royal, elle osent à peine marcher; elles parlent bas comme dans une église.

— Nous sommes chez le roi ! dit l'aînée des
sœurs, qui oublie toujours que la France n'en a
plus.

Je les encourage à avancer; je marche devant
et elles se décident à me suivre.

Que de merveilles réunies dans cette collection
où l'on voit l'argile prendre toutes les formes, se
teindre de toutes les couleurs, s'associer à toutes
les substances !

La terre et le bois sont les premières matières
travaillées par l'homme, celles qui semblaient plus
particulièrement destinées à son usage. Ce sont,
comme les animaux domestiques, des accessoires

obligés de sa vie : aussi y a-t-il entre eux et nous
des rapports plus intimes. La pierre, les métaux
demandent de longues préparations ; ils résistent
à notre action immédiate, et appartiennent moins
à l'homme qu'aux sociétés ; le bois et la terre sont,
au contraire, les instruments premiers de l'être
isolé qui veut se nourrir ou s'abriter.

C'est là sans doute ce qui me fait trouver tant
de charmes à la collection que j'examine. Ces
tasses grossièrement modelées par le sauvage
m'initient à une partie de ses habitudes ; ces vases
d'une élégance confuse qu'a pétris l'Indien, me
révèlent l'intelligence amoindrie dans laquelle
brille encore le crépuscule d'un soleil autrefois
étincelant ; ces cruches surchargées d'arabesques
montrent la fantaisie arabe grossièrement traduite
par l'ignorance espagnole ! On trouve ici le cachet
de chaque race, de chaque pays et de chaque
siècle.

Mes compagnes paraissent peu préoccupées de
ces rapprochements historiques ; elles regardent
tout avec l'admiration crédule qui n'examine, ni
ne discute. Madeleine lit l'inscription placée sous

chaque œuvre, et sa sœur répond par une exclamation de surprise.

Nous arrivons ainsi à une petite cour où l'on **a**
jeté les fragments de quelques tasses brisées.
Françoise aperçoit une soucoupe presque entière
et à ornements coloriés dont elle s'empare; ce sera
pour elle un souvenir de la visite qu'elle vient de
faire; elle aura désormais, dans son ménage, un
échantillon de cette porcelaine de Sèvres, *qui ne se*
fabrique que pour les rois ! Je ne veux pas la détrom-
per en lui disant que les produits de la manufacture se vendent à tout le monde, que sa soucoupe
avant d'être écornée, ressemblait à celles des boutiques à douze sous! Pourquoi détruire les illusions de cette humble existence ? Faut-il donc
briser sur la haie toutes les fleurs qui embaument
nos chemins ? Le plus souvent les choses ne sont
rien en elles-mêmes; l'idée que nous y atta-
chons leur donne seule du prix. Rectifier les inno-
centes erreurs pour ramener à une réalité inutile,
c'est imiter le savant qui ne veut voir dans une
plante que les éléments chimiques dont elle se
compose.

En quittant la manufacture, les deux sœurs, qui se sont emparées de moi avec la liberté des bons cœurs, m'invitent à partager la collation qu'elles ont apportée. Je m'excuse d'abord ; mais leur insistance a tant de bonhomie que je crains de les affliger, et je cède avec quelque embarras.

Il faut seulement chercher un lieu favorable. Je leur fais gravir le coteau, et nous trouvons une pelouse émaillée de marguerites qu'ombragent deux noyers.

Madeleine ne se possède point de joie. Toute sa vie elle a rêvé un dîner sur l'herbe ! En aidant sa sœur à retirer du panier les provisions, elle me raconte toutes les parties de campagnes projetées et remises. Françoise, au contraire, a été élevée à Montmorency ; avant de rester orpheline, elle est plusieurs fois retournée chez sa nourrice. Ce qui a, pour sa sœur, l'attrait de la nouveauté, a pour elle le charme du souvenir. Elle raconte les vendanges auxquelles ses parents l'ont conduite; les promenades sur l'âne de la mère Luret, qu'on ne pouvait faire aller à droite qu'en le poussant à gauche; la cueillette des cerises et les navigations sur le lac, dans la barque du traiteur.

Ces souvenirs ont toute la grâce, toute la fraîcheur de l'enfance. Françoise se rappelle moins ce qu'elle a vu que ce qu'elle a senti. Pendant qu'elle raconte, le couvert a été mis; nous nous asseyons au pied d'un arbre. Devant nous serpente la vallée de Sèvres, dont les maisons étagées s'appuient aux jardins et aux carrières du coteau; de l'autre côté s'étend le parc de Saint-Cloud, avec ses magnifiques ombrages entrecoupés de prairies; au-dessus s'ouvre le ciel comme un océan immense dans lequel naviguent les nuées! Je regarde cette belle nature, et j'écoute ces bonnes vieilles filles; j'admire et je m'intéresse; le temps passe doucement sans que je m'en aperçoive.

Enfin le soleil baisse; il faut songer au retour. Pendant que Madeleine et Françoise enlèvent le couvert, je descends à la manufacture pour savoir l'heure.

La fête est encore plus animée; l'orchestre fait retentir ses éclats de trombone sous les acacias, je m'oublie quelques instants à regarder; mais j'ai

promis aux deux sœurs de les reconduire à la
station de Bellevue : le convoi ne peut tarder ;
je me hâte de remonter le sentier qui mène aux
noyers.

Près d'arriver, j'entends des voix de l'autre côté
de la haie ; Madeleine et Françoise parlent à une
pauvre fille dont les vêtements sont brûlés, les
mains noires et le visage enveloppé de linges san-
glants. Je comprends que c'est une des jeunes ouvrières employées à la fabrique de poudre fulmi-
nante établie plus haut, sur les bruyères. Une ex-
plosion a eu lieu quelques jours auparavant ; la
mère et la sœur aînée de la jeune fille ont péri ;
elle-même a échappé par miracle et se trouve aujourd'hui sans ressource. Elle raconte tout cela
avec l'espèce de langueur résignée de ceux qui
ont toujours souffert. Les deux sœurs sont émues ;
je les vois se consulter tout bas, puis Françoise
tirer d'une petite bourse de filoselle trente sous
qui leur restent, et les donner à la pauvre
fille.

Je presse le pas pour faire le tour de la haie ;
mais, près d'en atteindre le bout, je rencontre les

vieilles sœurs qui me crient qu'elles ne prennent
plus le chemin de fer, qu'elles s'en retournent à
pied !

Je comprends alors que l'argent destiné au
voyage vient d'être donné à la mendiante !

Le bien a, comme le mal, sa contagion : je cours
à la jeune fille blessée ; je lui remets le prix de ma
place, et je retourne vers Françoise et Madeleine.
en leur déclarant que nous ferons route ensemble . . . . , ...

Je viens de les reconduire jusque chez elles ; je
les ai laissées enivrées de leur journée, dont le souvenir les rendra longtemps heureuses !

Ce matin, je plaignais ces destinées obscures et
sans plaisirs ; maintenant je comprends que Dieu
a mis des compensations à toutes les épreuves. La
rareté des distractions donne à la moindre joie une
saveur inconnue. La jouissance est seulement dans
ce qu'on sent, et les hommes blasés ne sentent
plus ; la satiété a ôté à leur âme l'appétit, tandis
que la privation conserve ce premier des dons humains, *la facilité du bonheur !*

Ah ! voilà ce que je voudrais persuader à tous ;

aux riches pour qu'ils n'abusent point, aux pauvres pour qu'ils aient patience.

Si la joie est le plus rare des biens, c'est que l'acceptation est la plus rare des vertus.

Madeleine et Françoise ! pauvres vieilles filles déshéritées de tout, sauf de courage, de résignation et de bon cœur, priez pour les désespérés qui s'abandonnent eux-mêmes, pour les malheureux qui haïssent et envient, pour les insensibles qui jouissent et n'ont point de pitié !

CHAPITRE VI.

L'ONCLE MAURICE.

—◦╫◦—

7 *juin.* — *Quatre heures du matin.* Je ne m'étonne pas d'entendre, lorsque je me réveille, les oiseaux chanter si joyeusement autour de ma fenêtre; il faut habiter comme eux et moi le dernier étage pour savoir jusqu'à quel point le matin est gai sous les toits! C'est là que le soleil envoie ses premiers rayons, que la brise arrive avec la senteur des jardins et des bois, là qu'un papillon égaré s'aventure parfois à travers les fleurs de la mansarde, et que les refrains de l'ouvrière diligente saluent le lever du jour. Les étages inférieurs sont encore plongés dans le sommeil, le silence et l'ombre, qu'ici règnent déjà le travail, la lumière et les chants!

Quelle vie autour de moi! voilà l'hirondelle qui revient de la provision, le bec plein d'insectes pour ses petits; les moineaux secouent leurs ailes humides de rosee en se poursuivant dans les rayons de soleil; mes voisines entr'ouvrent leurs fenêtres, et leurs frais visages saluent l'aurore! Heure charmante de réveil où tout se reprend à la sensation et au mouvement, où la première lueur frappe la création pour la faire revivre comme la baguette magique frappait le palais de la Belle au bois dormant. Il y a un moment de repos pour toutes les angoisses; les souffrances du malade s'apaisent, et un souffle d'espoir se glisse dans les cœurs abattus. Mais ce n'est, hélas! qu'un court répit! tout reprendra bientôt sa marche! la grande machine humaine va se remettre en mouvement avec ses longs efforts, ses sourds gémissements, ses froissements et ses ruines !

Le calme de cette première heure me rappelle celui des premières années. Alors aussi le soleil brille gaiement, la brise parfume, toutes les illusions, ces oiseaux du matin de la vie, gazouillent autour de nous ! Pourquoi s'envolent-elles plus tard ? D'où vient cette tristesse et cette solitude qui nous envahissent insensiblement ? La marche semble la même pour l'individu et pour les sociétés : on part d'un bonheur facile, d'enchantements naïfs, pour arriver aux désillusions et aux amertumes ! La route commencée parmi les aubépines et les primevères aboutit rapidement aux déserts ou aux précipices ! Pourquoi tant de confiance d'abord, puis tant de doute ? La science de la vie n'est-elle donc destinée qu'à rendre impropre au bonheur ? Faut-il se condamner à l'ignorance pour conserver l'espoir ? Le monde et l'individu ne doivent-ils enfin trouver de repos que dans une éternelle enfance ?

Combien de fois déjà je me suis adressé ces questions ! La solitude a cet avantage, ou ce dan-

ger, de faire creuser toujours plus avant les mêmes
idées. Sans autre interlocuteur que soi-même, on
donne toujours à la conversation les mêmes ten-
dances; on ne se laisse détourner, ni par les préoccupations d'un autre esprit, ni par les caprices
d'une sensation différente; on revient sans cesse,
par une peute involontaire, frapper aux mêmes
portes !...

J'ai interrompu mes réflexions pour ranger ma
mansarde. Je hais l'aspect du désordre, parce
qu'il constate ou le mépris pour les détails, ou
l'inaptitude à la vie intérieure. Classer les objets
au milieu desquels nous devons vivre, c'est établir
entre eux et nous des liens d'appropriation et de
convenance; c'est préparer les habitudes sans lesquelles l'homme tend à l'état sauvage. Qu'est-ce,
en effet, que l'organisation sociale, sinon une série
d'habitudes convenues d'après des penchants naturels !

Je me défie de l'esprit et de la moralité des gens
à qui le désordre ne coûte aucun souci, qui vivent
à l'aise dans les écuries d'Augias. Notre entourage
reflète toujours plus ou moins notre nature inté-

rieure. L'âme ressemble à ces lampes voilées qui, malgré tout, jettent au dehors une lueur adoucie.

, Si les goûts ne trahissaient point le caractère, ce ne seraient plus des goûts, mais des instincts.

En rangeant tout dans ma mansarde, mes yeux se sont arrêtés sur l'almanach de cabinet suspendu à ma cheminée. Je voulais m'assurer de la date, j'ai lu ces mots écrits en grosses lettres : *Fête-Dieu!*

C'est aujourd'hui! Rien ne le rappelle dans notre grande cité où la religion n'a plus de solennités publiques; mais c'est bien l'époque si heureusement choisie par la primitive Église. « La fête du Créateur, dit Chateaubriand, arrive au moment où la terre et le ciel déclarent sa puissance, où les bois et les champs fourmillent de générations nouvelles; tout est uni par les plus doux liens; il n'y a pas une seule plante veuve dans les campagnes. »

Que de souvenirs ces mots viennent d'éveiller en moi ! Je laisse là ce qui m'occupait; je viens m'accouder à la fenêtre, et, la tête appuyée sur mes deux mains, je retourne, en idée, vers la petite ville où s'est écoulée ma première enfance.

La *Fête-Dieu* était alors un des grands événe-

6

ments de ma vie! Pour mériter d'y prendre part,
il fallait longtemps d'avance se montrer laborieux
et soumis. Je me rappelle encore avec quels ravis-
sements d'espérance je me levais ce jour-là! Une
sainte allégresse était dans l'air. Les voisins, éveil-
lés plutôt que de coutume, tendaient, le long de
la rue, des draps parsemés de bouquets ou des
tapisseries à personnages. J'allais de l'une à l'autre, admirant, tour à tour, les scènes de sainteté
du moyen âge, les compositions mythologiques de
la renaissance, les batailles antiques arrangées à
la Louis XIV, et les bergeries de madame de Pon-
padour. Tout ce monde de fantômes semblait sortir de la poussière du passé pour venir assister,
immobile et silencieux, à la sainte cérémonie. Je
regardais, avec des alternatives d'effroi et d'é-
merveillement, ces terribles guerriers aux cime-
terres toujours levés, ces belles chasseresses lan-
çant une flèche qui ne partait jamais, et ces
gardeurs de moutons en culottes de satin, toujours
occupés à jouer de la flûte aux pieds de bergères
éternellement souriantes. Parfois, lorsque le vent
courait derrière ces tableaux mobiles, il me sem-

blait que les personnages s'agitaient, et je m'attendais à les voir se détacher de la muraille pour prendre leur rang dans le cortége ! Mais ces impressions étaient vagues et fugitives. Ce qui dominait tout le reste était une joie expansive et cependant tempérée. Au milieu de ces draperies flottantes, de ces fleurs effeuillées, de ces appels de jeunes filles, de cette gaieté qui s'exhalait de tout comme un parfum, on se sentait emporté malgré soi. Les bruits de la fête retentissaient dans le cœur en mille échos mélodieux. On était plus indulgent, plus dévoué, plus aimant ! Dieu ne se manifestait point seulement au dehors, mais en nous-mêmes.

Et que d'autels improvisés ! que de berceaux de fleurs ! que d'arcs de triomphe en feuillage ! quelle émulation entre les divers quartiers pour la construction de ces *reposoirs* où la procession devait faire halte ! C'était à qui fournirait ce qu'il avait de plus rare, de plus beau.

J'y ai trouvé l'occasion de mon premier sacrifice !

Les guirlandes étaient à leurs places, les cierges allumés, le tabernacle orné de roses; mais il en

manquait une qui pût lui servir de couronne!
Tous les parterres du voisinage avaient été mois-
sonnés. Seul, je possédais la fleur digne d'une
telle place. Elle ornait le rosier donné par ma
mère à mon jour de naissance. Je l'avais attendue
depuis plusieurs mois, et nul autre bouton ne
devait s'épanouir sur l'arbuste. Elle était là, à
demi-entr'ouverte, dans son nid de mousse, objet
d'une longue espérance et d'un naïf orgueil!
J'hésitai quelques instants! nul ne me l'avait
demandée; je pouvais facilement éviter sa perte!
Aucun reproche ne devait m'atteindre ; mais il
s'en élevait un sourdement en moi–même. Quand
tous les autres s'étaient dépouillés, devais-je seul
garder mon trésor ? Fallait-il donc marchander
à Dieu un des présents que je tenais de lui, comme
tout le reste ? A cette dernière pensée, je détachai
la fleur de sa tige et j'allai la placer au sommet du
tabernacle.

Ah! pourquoi ce sacrifice, qui fut pour moi si
difficile et si doux, m'a-t-il laissé un souvenir qui
me fait sourire aujourd'hui ? Est-il bien sûr que
le prix de ce que l'on donne soit dans le don lui-

même, plutôt que dans l'intention ? Si le verre
d'eau de l'Evangile doit être compté au pauvre,
pourquoi la fleur ne serait-elle point comptée à
l'enfant ? Ne dédaignons point les humbles générosités du premier âge ; ce sont elles qui accoutu-
ment l'âme à l'abnégation et à la sympathie. Cette
rose mousseuse, je l'ai gardée longtemps comme
un saint talisman ; j'aurais dû la garder toujours
comme le souvenir de la première victoire rem-
portée sur moi-même.

Depuis bien des années, je n'ai point revu les
solennités de la *Fête-Dieu* ; mais y retrouverais-je
mes heureuses sensations d'autrefois ? Je me rappelle encore, quand la procession avait passé, ces
promenades à travers les carrefours jonchés de
fleurs et ombragés de rameaux verts ! Enivré par
les derniers parfums d'encens qui se mêlaient aux
senteurs des seringats, des jasmins et des roses,
je marchais, sans toucher la terre ; je souriais à
tout ; le monde entier était à mes yeux le Paradis,
et il me semblait que Dieu flottait dans l'air !

Du reste, cette sensation n'était point l'exaltation
d'un moment ; plus intense à certains jours, elle

6.

persistait néanmoins dans l'ordinaire de la vie.
Bien des années se sont écoulées ainsi au milieu
d'un épanouissement de cœur et d'une confiance
qui empêchait la douleur, sinon de venir, du
moins de rester. *Certain de ne pas être seul,* je
reprenais bientôt courage, comme l'enfant qui se
rassure parce qu'il entend, à côté, la voix de sa
mère. Pourquoi ai-je perdu cette assurance des
premières années? Ne sentirais-je plus aussi profondément que *Dieu est là ?*

Etrange enchaînement de nos idées! Une date
vient de me rappeler mon enfance, et voilà que
tous mes souvenirs fleurissent autour de moi!
D'où vient donc la plénitude de bonheur de ces
commencements? A bien regarder, rien n'est sen-
siblement changé dans ma condition. Je possède,
comme alors, la santé et le pain de chaque jour;
j'ai seulement de plus la responsabilité! Enfant,
je recevais la vie telle qu'elle m'était faite, un
autre avait le souci de prévoir. En paix avec moi-
même, pourvu que j'eusse accompli les devoirs
présents, j'abandonnais l'avenir à la prudence
de mon père! Ma destinée était un vaisseau dont

je n'avais point la direction, et sur lequel je me laissais emporter comme un simple passager. Là était tout le secret de ma joyeuse sécurité! Depuis, la sagesse humaine me l'a enlevée. Chargé seul de mon sort, j'ai voulu en devenir le maître au moyen d'une lointaine prévoyance ; j'ai tourmenté le présent par mes préoccupations d'avenir ; j'ai mis mon jugement à la place de la providence, et l'heureux enfant s'est transformé en homme soucieux !

Triste progrès et peut-être grande leçon! Qui sait si plus d'abandon envers celui qui régit le monde ne m'eût point épargné toutes ces angoisses? Peut-être le bonheur n'est-il possible ici-bas qu'à la condition de vivre, comme l'enfant, livré aux devoirs de chaque journée et confiant, pour le reste, en la bonté de notre Père divin.

Ceci me rappelle l'oncle Maurice ! Toutes les fois que j'ai besoin de me raffermir dans le bien, je retourne vers lui ma pensée; je le revois avec sa douce expression demi-souriante, demi-attendrie; j'entends sa voix toujours égale et caressante comme un souffle d'été! Son souvenir garde ma

vie et l'éclaire. Lui aussi a été ici-bas un saint et
un martyr. D'autres ont montré les chemins du
ciel; lui, il a fait voir les sentiers de la terre!

Mais, sauf les anges chargés de tenir compte des
dévouements inconnus et des vertus cachées, qui
a jamais entendu parler de mon oncle Maurice?
Seul, peut-être, j'ai retenu son nom, et je me rappelle encore son histoire!

Eh bien, je veux l'écrire, non pour les autres,
mais pour moi-même! On dit qu'à la vue de l'A-
pollon le corps se redresse et prend une plus digne
attitude; au souvenir d'une belle vie, l'âme doit
se sentir, de même, relevée et ennoblie!

Un rayon de soleil levant éclaire la petite table
sur laquelle j'écris; la brise m'apporte l'odeur des
résédas, et les hirondelles tournoient avec des cris
joyeux au-dessus de ma fenêtre!... L'image de
mon oncle Maurice sera ici à sa place parmi les
chants, la lumière et les parfums...

Sept heures. Il en est des destinées comme des
aurores : les unes se lèvent rayonnantes de mille
lueurs, les autres noyées dans de sombres nuages.
Celle de l'oncle Maurice fut de ces dernières. Il

vint au monde si chétif qu'on le crut condamné à mourir ; mais, malgré ces prévisions, que l'on pouvait appeler des espérances, il continua à vivre souffrant et contrefait.

Son enfance, dépourvue de toutes les grâces, le fut également de toutes les joies. Opprimé à cause de sa faiblesse, raillé pour sa laideur, le petit bossu ouvrit en vain ses bras au monde, le monde passa en le montrant au doigt.

Cependant sa mère lui restait, et ce fut à elle que l'enfant reporta les élans d'un cœur repoussé. Heureux dans ce refuge, il atteignit l'âge où l'homme prend place dans la vie, et dut se contenter de celle qu'avaient dédaigné les autres. Son instruction eût pu lui ouvrir toutes les carrières ; il devint buraliste d'une des petites maisons d'octroi qui gardaient l'entrée de sa ville natale !

Renfermé dans cette habitation de quelques pieds, il n'avait d'autre distraction, entre ses écritures et ses calculs, que la lecture et les visites de sa mère. Aux beaux jours d'été, elle venait travailler à la porte de la cabane, sous l'ombre des

vignes vierges plantées par Maurice. Alors même
qu'elle gardait le silence, sa présence était une
distraction pour le bossu, il entendait le cliquetis
de ses longues aiguilles à tricoter, il apercevait ce
profil doux et triste qui rappelait tant d'épreuves
courageusement supportées; il pouvait, de loin en
loin, appuyer une main caressante sur ces épaules courbées et échanger un sourire!

Cette consolation devait bientôt lui être enlevée.
La vieille mère tomba malade, et il fallut, au bout
de quelques jours, renoncer à tout espoir. Maurice,
éperdu à l'idée d'une séparation qui le laissait désormais seul sur la terre, s'abandonna à une douleur sans mesure. A genoux, près du lit de la mourante, il l'appelait des noms les plus tendres, il la
serrait entre ses bras comme s'il eût voulu la retenir dans la vie. La mère s'efforçait de lui rendre
ses caresses, de répondre; mais ses mains étaient
glacées, sa voix déjà éteinte. Elle ne put qu'appro-
cher ses lèvres du front de son fils, pousser un
soupir et fermer les yeux pour jamais!

On voulut emmener Maurice, mais il résista, en
se penchant sur cette forme désormais immobile.

— Morte! s'écria-t-il; morte, celle qui ne m'avait jamais quitté, celle qui m'aimait seule au monde! morte, vous, ma mère! que me reste-t-il alors ici-bas?

Une voix étouffée répondit :

— Dieu!

Maurice se redressa épouvanté! Était-ce un dernier soupir de la morte ou sa propre conscience qui avait répondu? Il ne cherchat point à le savoir; mais il avait compris la réponse, et l'accepta.

Ce fut alors que je commençai à le connaître. J'allais souvent le voir à la petite maison d'octroi; il se prêtait à mes jeux d'enfant, me racontait ses plus belles histoires, et me laissait cueillir des fleurs. Déshérité de toutes les grâces qui attirent, il se montrait indulgent pour ceux qui venaient à lui. Sans s'offrir jamais, il était toujours prêt à accueillir. Abandon, dédain, il subissait tout avec une patiente douceur, et sur cette croix de la vie où l'insultaient ses bourreaux, il répétait, comme le Christ : « Pardonnez-leur, mon père; ils ne savent ce qu'ils font. »

Aucun autre employé ne montrait autant de probité, de zèle et d'intelligence ; mais ceux qui auraient pu faire valoir ses services se sentaient repoussés par sa difformité. Privé de protecteurs, il vit toujours ses droits méconnus. On lui préférait ceux qui avaient su plaire, et, en lui laissant l'humble emploi qui le faisait vivre, on semblait lui faire grâce. L'oncle Maurice supporta l'injustice comme il avait supporté le dédain ; méconnu par les hommes, il levait les yeux plus haut et se confiait au jugement de Celui qu'on ne peut tromper.

Il habitait dans le faubourg une vieille maison où logeaient des ouvriers aussi pauvres que lui, mais moins abandonnés. Une seule de ses voisines vivait sans famille, dans une petite mansarde où pénétraient la pluie et le vent. C'était une jeune fille pâle, silencieuse, sans beauté, et que recommandait seulement sa misère résignée. On ne la voyait jamais adresser la parole à une autre femme ; aucun chant n'égayait sa mansarde. Enveloppée dans un morne abattement comme dans une sorte de linceul, elle travaillait sans ardeur et sans distraction. Sa langueur avait touché Maurice ; il essaya de lui parler ; elle répondit avec douceur, mais brièvement. Il était aisé de voir que son silence et sa solitude lui étaient plus chers que la bienveillance du petit bossu; il se le tint pour dit et redevint muet.

Mais l'aiguille de Toinette la nourrissait à grand'-peine ; bientôt le travail s'arrêta ! Maurice apprit que la jeune fille manquait de tout et que les fournisseurs refusaient de lui faire crédit. Il courut aussitôt chez ces derniers et s'engagea à leur payer secrètement ce qu'ils donneraient à Toinette.

Les choses allèrent ainsi pendant plusieurs mois. Le chômage continuait pour la jeune couturière, qui finit par s'effrayer des obligations qu'elle contractait envers les marchands. Elle voulut s'en expliquer avec eux, et, dans cette explication, tout se découvrit.

Son premier mouvement fut de courir chez l'oncle Maurice pour le remercier a genoux. Sa froideur habituelle avait fait place à un inexprimable attendrissement; il semblait que la reconnaissance eût fondu toutes les glaces de ce cœur engourdi.

Délivré dès lors de l'embarras du secret, le petit bossu put donner plus d'efficacité à ses bienfaits. Toinette devint pour lui une sœur aux besoins de laquelle il eut droit de veiller. Depuis la mort de sa mère, c'était la première fois qu'il pouvait mêler quelqu'un à sa vie. La jeune fille recevait ses soins avec une sensibilité réservée. Tous les efforts de Maurice ne pouvaient dissiper son fond de tristesse : elle paraissait touchée de sa bonté ; elle lui exprimait parfois avec effusion ; mais là s'arrêtaient ses confidences. Penché sur ce cœur fermé, le petit bossu ne pouvait y lire. A la vérité, il s'y appliquait peu : tout entier au bonheur de n'être plus seul, il acceptait Toinette telle que ses longues épreuves l'avaient faite ; il l'aimait ainsi et ne souhaitait autre chose que de conserver sa compagnie.

Insensiblement cette idée s'empara de son esprit jusqu'a y effacer tout le reste. La jeune fille était sans famille ainsi que lui ; l'habitude avait adouci à ses yeux la laideur du bossu ; elle semblait le

voir avec une affection compatissante ! Que pou-
vait-il attendre de plus? Jusqu'alors l'espoir de se
faire accepter d'une compagne avait été repoussé
par Maurice comme un rêve ; mais le hasard semblait avoir travaillé à en faire une réalité. Après
bien des hésitations, il s'enhardit et se décida à
lui parler.

C'était un soir : le petit bossu très-ému se dirigea vers la mansarde de l'ouvrière. Au moment
d'entrer, il lui sembla entendre une voix étrangère
qui prononçait le nom de la jeune fille. Il poussa
vivement la porte entr'ouverte et aperçut Toinette
qui pleurait appuyée sur l'épaule d'un jeune
homme portant le costume de matelot.

A la vue de mon oncle, elle se dégagea vivement,
courut à lui et s'écria :

— Ah ! venez, venez, c'est lui que je croyais mort,
c'est Julien, c'est mon fiancé !

Maurice recula en chancelant. Il venait de tout
comprendre d'un seul mot !

Il lui sembla que la terre fléchissait et que son
cœur allait se briser ; mais la même voix qu'il avait
entendu près du lit de mort de sa mère retentit de

nouveau à son oreille, et il se redressa ranimé.
Dieu lui restait toujours.

Lui-même accompagna les nouveaux mariés sur
la route lorsqu'ils partirent, et, après leur avoir
souhaité tout le bonheur qui lui était refusé, il
revint résigné à la vieille maison du faubourg.
. Ce fut là qu'il acheva sa vie, abandonné des
hommes, mais non comme il le disait, du *Père
qui est aux cieux*. Partout il sentait sa présence;
elle lui tenait lieu du reste. Lorsqu'il mourut, ce
fut en souriant, et comme un exilé qui s'embar-
que pour sa patrie. Celui qui l'avait consolé de
l'indigence et des infirmités, de l'injustice et de
l'isolement, avait su lui faire un bienfait de la
mort !

Huit heures. — Tout ce que je viens d'écrire m'a
troublé ! Jusqu'à présent, j'ai cherché des ensei-
gnements pour la vie dans la vie ! Serait-il donc
vrai que les principes humains ne pussent toujours suffire ? qu'au-dessus de la bonté, de la prudence, de la modération, de l'humilité, du dévoû-
ment lui-même, il y eût une grande idée qui
pût seule faire face aux grandes infortunes, et

que si l'homme a besoin de sa vertu pour les autres, il a besoin du sentiment religieux pour lui-
même ?

Quand, selon l'expression de l'Écriture, *le vin
de la jeunesse enivre*, on espère se suffire; fort, heureux et aimé, on croit, comme Ajax, pouvoir
échapper à toutes les tempêtes *malgré les dieux*;
mais, plus tard, les épaules se courbent, le bonheur s'effeuille, les affections s'éteignent, et alors,
effrayé du vide et de l'obscurité, on étend les bras,
comme l'enfant surpris par les ténèbres, et on
appelle au secours *Celui qui est partout*.

Je demandais ce matin pourquoi tout devient
confus pour la société et pour les individus. La
raison humaine allume en vain, d'heure en heure,
quelque nouveau flambeau sur les bornes du chemin, la nuit devient toujours plus sombre ! N'est-
ce point parce qu'on laisse s'éloigner, de plus en
plus, le soleil des âmes, Dieu ?

Mais qu'importent au monde ces rêveries d'un
solitaire ? Pour la plupart des hommes, les tumultes du dehors étouffent les tumultes du dedans,
la vie ne leur laisse point le loisir de s'interroger.

Ont-ils le temps de savoir ce qu'ils sont et ce qu'ils devraient être, eux que préoccupe le prochain bail ou le dernier cours de la rente ? Le ciel est trop haut, et les sages ne regardent que la terre.

Mais moi, pauvre sauvage de la civilisation, qui ne cherche ni pouvoir, ni richesse, et qui ai abrité ma vie à l'idéal, je puis retourner impunément à ces souvenirs de l'enfance, et si Dieu n'a plus de fête dans notre grande cité, je tâcherai de lui en conserver une dans mon cœur.

CHAPITRE VII.

CE QUE COUTE LA PUISSANCE ET CE QUE RAPPORTE LA CÉLÉBRITÉ.

———

Dimanche 1ᵉʳ juillet. — C'est hier qu'a fini le mois consacré par les Romains à Junon (*junius*, juin). Nous entrons aujourd'hui en juillet.

Dans l'ancienne Rome, ce dernier mois s'appelait *quintilis* (cinquième), parce que l'année, divisée

seulement en dix parties, commençait en mars.
Lorsque Numa Pompilius la partagea en douze
mois, ce nom de *quintilis* fut conservé, ainsi que les
noms suivants: *sextilis, september, october, november,
december,* bien que ces désignations ne corres-
pondissent plus aux nouveaux rangs occupés par les
mois. Enfin, plus tard, le mois de *quintilis,* où était
né Jules César, fut appelé *julius,* dont nous avons
fait *juillet.*

Ainsi, ce nom inséré au calendrier y éternise le
souvenir d'un grand homme : c'est comme une épitaphe éternelle gravée par l'admiration des peuples
sur la route du temps.

Combien d'autres inscriptions pareilles! mers,
continents, montagnes, étoiles et monuments, tout
a successivement servi au même usage! Nous avons
fait du monde entier ce livre d'or de Venise où
s'inscrivaient les noms illustres et les grandes
actions. Il semble que le genre humain sente le
besoin de se glorifier lui-même dans ses élus,
qu'il se relève à ses propres yeux en choisissant
dans sa race des demi-dieux. La famille mortelle
aime à conserver le souvenir des parvenus de la

gloire, comme on garde celui d'un ancêtre fameux ou d'un bienfaiteur.

C'est qu'en effet les dons naturels accordés à un seul ne sont point un avantage individuel, mais un présent fait à la terre; tout le monde en hérite, car tout le monde souffre ou profite de ce qu'il a accompli. Le génie est un phare destiné à éclairer au loin; l'homme qui le *porte* n'est que le rocher sur lequel ce phare a été élevé.

J'aime à m'arrêter à ces idées; elles m'expliquent l'admiration pour la gloire. Quand elle a été bienfaisante, c'est de la reconnaissance, quand elle n'a été qu'extraordinaire, c'est un orgueil de race: hommes, nous aimons à immortaliser les délégués les plus éclatants de l'humanité.

Qui sait si, en acceptant des puissants, nous n'avons pas obéi à la même inspiration? A part les nécessités de la hiérarchie ou les conséquences de la conquête, les foules se plaisent à entourer leurs chefs de priviléges; soit qu'elles mettent leur vanité à agrandir ainsi une de leurs œuvres, soit qu'elles s'efforcent de cacher l'humiliation de la dépendance en exagérant l'importance de ceux qui les dominent! On veut se faire honneur de son maître : on l'élève sur ses épaules comme sur un piédestal; on l'entoure de rayons afin d'en recevoir quelques reflets. C'est toujours la fable du chien qui accepte la chaîne et le collier, pourvu qu'ils soient d'or.

Cette vanité de la servitude n'est ni moins naturelle ni moins commune que celle de la domination. Quiconque se sent incapable de commander veut au moins obéir à un chef puissant. On a vu des serfs se regarder comme déshonorés, parce qu'ils devenaient la propriété d'un simple comte, après avoir été celle d'un prince, et Saint-Simon parle d'un valet de chambre qui ne voulait servir que des marquis.

Le 7, huit heures du soir. — Je suivais tout à l'heure le boulevard; c'était jour d'Opéra, et la foule des équipages se pressait dans la rue Lepelletier. Les promeneurs arrêtés sur le trottoir en reconnaissaient quelques-uns au passage, et prononçaient certains noms : c'était ceux d'hommes célèbres ou puissants qui se rendaient au succès du jour!

Près de moi s'est trouvé un spectateur aux joues creuses et aux yeux ardents, dont l'habit noir montrait la corde. Il suivait d'un regard d'envie ces privilégiés de l'autorité ou de la gloire, et je lisais sur ses lèvres, que crispait un sourire amer, tout ce qui se passait dans son âme.

— Les voilà, les heureux ! pensait-il ; à eux tous les plaisirs de l'opulence et toutes les jouissances de l'orgueil. La foule sait leurs noms ? ce qu'ils veulent s'accomplit ; ils sont les souverains du monde par l'esprit ou par la puissance ! pendant que moi, pauvre et ignoré, je traverse péniblement les lieux bas, ceux-ci planent sur les sommets dorés par le plein soleil de la prospérité.

Je suis revenu pensif. Est-il vrai qu'il y ait ces inégalités, je ne dis pas dans les fortunes, mais dans le bonheur des hommes ? Le génie et le commandement ont-ils véritablement reçu la vie comme une couronne, tandis que le plus grand nombre la recevait comme un joug ? La dissemblance des conditions n'est-elle qu'un emploi divers des natures et des facultés, ou une inégalité réelle entre les lots humains ? Question sérieuse, puisqu'il s'agit de constater l'impartialité de Diéu!

Le 8, midi. — Je suis allé, ce matin rendre visite à un compatriote, premier huissier d'un de nos ministres. Je lui apportais des lettres de sa famille, remises par un voyageur arrivant de Bretagne. Il a voulu me retenir.

— Le ministre, m'a-t-il dit, n'a point aujourd'hui d'audience ; il consacre cette journée au repos et à la famille. Ses jeunes sœurs sont arrivées ; il les conduit ce matin à Saint-Cloud, et ce soir il a invité ses amis à un bal non officiel. Je vais être tout à l'heure congédié pour le reste du jour : nous pourrons dîner ensemble ; attendez-moi en lisant les nouvelles.

Je me suis assis près d'une table couverte de journaux que j'ai successivement parcourus. La plupart renfermaient de poignantes critiques des derniers actes politiques du ministère ; quelques-uns y joignaient des soupçons flétrissants pour lo ministre lui-même.

Comme j'achevais, un secrétaire est venu les demander pour ce dernier !

Il va donc lire ces accusations, subir silencieusement les injures de toutes ces voix qui le dénoncent à l'indignation ou à la risée! Comme le triomphateur romain, il faut qu'il supporte l'insulteur qui suit son char en racontant à la foule ses ridicules, ses ignorances ou ses vices!

Mais parmi les traits lancés de toutes parts, ne s'en trouvera-t-il aucun d'empoisonné? Aucun n'atteindra-t-il un de ces points du cœur où les blessures ne guérissent plus? Que deviendra une vie livrée à toutes les attaques de la haine envieuse ou de la conviction passionnée? Les chrétiens n'abandonnaient que les lambeaux de leur chair aux animaux de l'arène; l'homme puissant livre aux morsures de la plume son repos, ses affections, son honneur!

Pendant que je rêvais à ces dangers de la grandeur, l'huissier est rentré vivement : — De graves nouvelles ont été reçues, le ministre vient d'être mandé au conseil; il ne pourra conduire ses sœurs à Saint-Cloud.

J'ai vu, à travers les vitres, les jeunes filles, qui attendaient sur le perron, remonter tristement, tandis que leur frère se rendait au conseil. La voi-

ture qui devait partir, emportant tant de joies de
famille vient de disparaître, n'emportant que les
soucis de l'homme d'Etat.

L'huissier est revenu mécontent et désap-
pointé.

Le plus ou moins de liberté dont il peut jouir est
pour lui le baromètre de l'horizon politique. S'il a
congé, tout va bien ; s'il est retenu, la patrie est
en péril. Son opinion sur les affaires publiques
n'est que le calcul de ses intérêts ! Mon compatriote est presque un homme d'Etat.

Je l'ai fait causer, et il m'a confié plusieurs par-
ticularités singulières !

Le nouveau ministre a d'anciens amis dont il
combat les idées, tout en continuant à aimer leurs
sentiments. Séparé d'eux par les drapeaux, il leur
est toujours resté uni par les souvenirs ; mais les
exigences de parti lui défendent de les voir. La
continuation de leurs rapports éveillerait les soupçons ; on y devinerait quelque transaction honteuse : ses amis seraient des traîtres qui songent à
se vendre ; lui, un corrupteur qui veut les acheter ;
aussi a-t-il fallu renoncer à des attachements de

vingt années, rompre des habitudes de cœur qui étaient devenues des besoins !

Parfois pourtant le ministre cède encore à d'anciennes faiblesses ; il reçoit ou visite ses amis à la dérobée ; il se renferme avec eux pour parler du temps où ils avaient le droit de s'aimer publiquement. A force de précautions, ils ont réussi à cacher jusqu'ici ce complot de l'amitié contre la politique ; mais tôt ou tard les journaux seront avertis et le dénonceront à la défiance du pays.

Car la haine, qu'elle soit déloyale ou de bonne foi, ne recule devant aucune accusation. Quelquefois même elle accepte le crime ! L'huissier m'a avoué que des avertissements avaient été donnés au ministre, qu'on lui avait fait craindre des vengeances meurtrières, et qu'il n'osait plus sortir à pied.

Puis, de confidence en confidence, j'ai su quelles sollicitations venaient égarer ou violenter son jugement ; comment il se trouvait fatalement conduit à des iniquités qu'il devait déplorer en lui-même. Trompé par la passion, séduit par les prières, ou forcé par le crédit, il laissait bien des fois vaciller la balance ! Triste condition de l'autorité qui lui impose non-seulement les misères du pouvoir, mais ses vices, et qui, non contente de torturer le maître, réussit à le corrompre !

Cet entretien s'est prolongé et n'a été interrompu que par le retour du ministre. Il s'est élancé de sa voiture des papiers à la main ; il a regagné son cabinet d'un air soucieux. Un instant après, sa sonnette s'est fait entendre ; on appelle le secrétaire pour expédier des avertissements à tous les invités du soir ; le bal n'aura point lieu ; on parle sourdement de fâcheuses nouvelles transmises par le télégraphe, et dans de pareilles circonstances une fête semblerait insulter au deuil public.

J'ai pris congé de mon compatriote, et me voici de retour.

Ce que je viens de voir répond à mes doutes de l'autre jour. Maintenant je sais quelles angoisses font expier aux hommes leurs grandeurs ; je comprends

Que la fortune vend ce qu'on croit qu'elle donne.

Ceci m'explique Charles-Quint aspirant au **repos** du cloître.

Et cependant je n'ai entrevu que quelques-unes des souffrances attachées au commandement. Que dire des grandes disgrâces qui précipitent les puissants du plus haut du ciel au plus profond de la terre? de cette voie douloureuse par laquelle ils doivent porter éternellement leur responsabilité, comme le Christ portait sa croix? de cette chaîne de convenances et d'ennuis qui enferme tous les actes de leur vie, et y laisse si peu de place à la liberté?

Les partisans de l'autorité absolue ont défendu, avec raison, l'étiquette. Pour que des hommes conservent à leur semblable un pouvoir sans bornes, il faut qu'ils le tiennent séparé de l'humanité, qu'ils l'entourent d'un culte de tous les instants, qu'ils lui conservent, par un continuel cérémonial, ce rôle surhumain qu'ils lui ont accordé. Les maîtres ne peuvent rester souverains qu'à la condition d'être traités en idoles.

Mais après tout, ces idoles sont des hommes, et si la vie exceptionnelle qu'on leur fait est une insuite pour la dignité des autres, elle est aussi un supplice pour eux ! Tout le monde connaît la loi de la cour d'Espagne, qui règlait, heure par heure, les actions du roi et de la reine, « de telle façon, dit Voltaire, qu'en la lisant on peut savoir tout ce que les souverains de la Péninsule ont fait ou feront depuis Philippe II jusqu'au jour du Jugement. » Ce fut elle qui obligea Philippe III malade à supporter un excès de chaleur dont il mourut, parce que le duc d'Uzède, qui avait seul le droit d'éteindre le feu dans la chambre royale, se trouvait absent.

La femme de Charles II, emportée par un cheval fougueux, allait périr sans que personne osât la sauver, parce que l'étiquette défendait de *toucher à la reine :* deux jeunes cavaliers se sacrifièrent en arrêtant le cheval. Il fallut les prières et les pleurs de celle qu'ils venaient d'arracher à la mort pour faire pardonner leur crime. Tout le monde connaît l'anecdote racontée par madame Campan au sujet de Marie-Antoinette, femme de Louis XVI. Un jour qu'elle était à sa toilette, et que la chemise allait lui être présentée par une

des assistantes, une dame de très ancienne noblesse
entra et réclama cet honneur, comme l'étiquette
lui en donnait le droit; mais, au moment où elle
allait remplir son office, une femme de plus grande
qualité survint et prit à son tour le vêtement
qu'elle était près d'offrir à la reine, lorsqu'une
troisième dame, encore plus titrée, parut à son
tour, et fut suivie d'une quatrième qui n'était
autre que la sœur du roi. La chemise fut ainsi
passée de mains en mains, avec force révérences
et compliments, avant d'arriver à la reine qui,
demi-nue et toute honteuse, grelottait pour la
plus grande gloire de l'étiquette.

Le 12, sept heures du soir. — En rentrant ce soir,
j'ai aperçu, debout sur le seuil d'une maison, un
vieillard dont la pose et les traits m'ont rappelé
mon père. C'était la même finesse de sourire, le
même œil chaud et profond, la même noblesse
dans le port de la tête, et le même laisser-aller
dans l'attitude.

Cette vue a ramené ma pensée en arrière. Je
me suis mis à repasser les premières années de
ma vie, à me rappeler les entretiens de ce guide

que Dieu m'avait donné dans sa clémence, et qu'il m'a retiré, trop tôt, dans sa sévérité.

Quand mon père me parlait, ce n'était point seulement pour mettre en rapport nos deux esprits par un échange d'idées ; ses paroles renfermaient toujours un enseignement.

Non qu'il cherchât à me le faire sentir ! mon père craignait tout ce qui avait l'apparence d'une leçon. Il avait coutume 'de dire que la vertu pouvait se faire des amis passionnés, mais qu'elle ne prenait point d'écoliers : aussi ne songeait-il point à enseigner le bien ; il se contentait d'en semer les germes, certain que l'expérience les ferait éclore.

Combien de bon grain tombé ainsi dans un coin du cœur et longtemps oublié a tout à coup poussé sa tige et donné son épi ! Richesses mises en réserve à une époque d'ignorance, nous n'en connaissons la valeur que le jour où nous nous trouvons en avoir besoin !

Parmi les récits dont il animait nos promenades ou nos soirées, il en est un qui se représente maintenant à mon souvenir, sans doute parce que l'heure est venue d'en déduire la leçon.

Placé dès l'âge de douze ans chez un de ces collectionneurs-commerçants qui se sont donné le nom de *naturalistes*, parce qu'ils mettent la création sous verre pour la débiter en détail, mon père avait toujours mené une vie pauvre et laborieuse. Levé avant le jour, tour à tour garçon de magasin, commis, ouvrier, il devait suffire seul à tous les travaux d'un commerce dont son patron récoltait tous les profits. A la vérité, celui-ci avait une habileté spéciale pour faire valoir l'œuvre des autres. Incapable de rien exécuter, nul ne savait mieux vendre. Ses paroles étaient un filet dans lequel on se trouvait pris avant de l'avoir aperçu. Du reste, ami de lui seul, regardant le producteur comme son ennemi, et l'acheteur comme sa conquête, il les exploitait tous deux avec cette inflexible persistance qu'enseigne l'avarice.

Esclave toute la semaine, mon père ne rentrait en possession de lui-même que le dimanche. Le maître naturaliste, qui allait passer le jour chez une vieille cousine, lui donnait alors sa liberté à condition qu'il dînerait à ses frais et au dehors.

Mais mon père emportait secrètement un croûton de pain qu'il cachait dans sa boîte d'herborisation, et, sortant de Paris dès le point du jour, il allait s'enfoncer dans la vallée de Montmorency, dans le bois de Meudon ou dans les coulées de la Marne. Enivré par l'air libre, par la pénétrante senteur de la sève en travail, par les parfums des chèvre-feuilles, il marchait jusqu'à ce que la faim et la fatigue se fissent sentir. Alors il s'asseyait à la lisière d'un fourré ou d'un ruisseau : le cresson d'eau, les fraises des bois, les mûres des haies, lui faisaient tour à tour un festin rustique; il cueillait quelques plantes, lisait quelques pages de Florian alors dans sa première vogue, de Gessner qui venait d'être traduit, ou de Jean-Jacques dont il possédait trois volumes dépareillés. La journée se passait dans ces alternatives d'activité et de repos, de recherches et de rêveries jusqu'à ce que le soleil, à son déclin, l'avertît de reprendre la route de la grande ville où il arrivait, les pieds meurtris et poudreux, mais le cœur rafraîchi pour toute une semaine.

Un jour qu'il se dirigeait vers le bois de Viroflay

il rencontra, près de la lisière, un inconnu occupé à trier des plantes qu'il venait d'herboriser. C'était un homme déjà vieux, d'une figure honnête, mais dont les yeux un peu enfoncés sous les sourcils avaient quelque chose de soucieux et de craintif. Il était vêtu d'un habit de drap brun, d'une veste grise, d'une culotte noire, de bas drapés, et tenait, sous le bras, une canne à pomme d'ivoire. Son aspect était celui d'un petit bourgeois retiré et vivant de son revenu, un peu au-dessous de la médiocrité dorée d'Horace.

Mon père, qui avait un grand respect pour l'âge, le salua poliment en passant; mais dans ce mouvement une plante qu'il tenait à la main lui échappa.

L'inconnu se baissa pour la relever, et la reconnut.

— C'est une *Deutaria heptaphyllos*, dit-il; je n'en avais point encore vu dans ces bois: l'avez-vous trouvée ici près, Monsieur?

Mon père répondit qu'on la rencontrait en abondance au haut de la colline, vers Sèvres, ainsi que le grand *Laserpitium.*

— Aussi ! répéta le vieillard plus vivement. Ah !
je veux les chercher ; j'en ai autrefois cueilli du
côté de la Robaila...

Mon père lui proposa de le conduire. L'étranger
accepta avec reconnaissance et se hâta de réunir
les plantes qu'il avait cueillies ; mais tout à coup
il parut saisi d'un scrupule ; il fit observer à son
interlocuteur que le chemin qu'il suivait était à
mi-côte, et se dirigeait vers le château des Dames
royales à Bellevue ; qu'en franchissant la hauteur
il se détournait par conséquent de sa route, et
qu'il n'était point juste qu'il prît cette fatigue pour
un inconnu.

Mon père insista avec la bienveillance qui lui
était habituelle ; mais plus il montrait d'empressement, plus le refus du vieillard devenait obstiné ;
il sembla même à mon père que sa bonne volonté
finissait par inspirer de la défiance.

Il se décida donc à indiquer seulement la direction à l'inconnu qu'il salua et ne tarda point à
perdre de vue.

Plusieurs heures s'écoulèrent et il ne songeait
plus à sa rencontre. Il avait gagné les taillis de

Chaville où, étendu sur les mousses d'une clai-
rière, il relisait le dernier voulume de *l'Émile*. Le
charme de la lecture l'avait si complétement ab-
sorbé qu'il avait cessé de voir et d'entendre ce qui
l'entourait. Les joues animées et l'œil humide, il
relisait des lèvres un passage qui l'avait particulièrement touché.

Une exclamation poussée tout près de lui l'arra-
cha à son extase; il releva la tête et aperçut le
bourgeois déjà rencontré au carrefour de Viroflay.

Il était chargé de plantes dont l'herborisation
semblait l'avoir mis de joyeuse humeur.

— Mille remercîments, monsieur, dit-il à mon
père; j'ai trouvé tout ce que vous m'aviez annoncé, et je vous dois une promenade charmante.

Mon père se leva par respect, en faisant une
réponse obligeante. L'inconnu parut complétement apprivoisé et demanda lui-même si son
jeune confrère ne comptait point reprendre le chemin de Paris. Mon père répondit affirmativement
et ouvrit sa boîte de fer-blanc pour y replacer le
livre.

L'étranger lui demanda en souriant si l'on pouvait, sans indiscrétion, en savoir le titre. Mon père lui répondit que c'était *l'Émile* de Rousseau !

L'inconnu devint aussitôt sérieux.

Ils marchèrent quelque temps côte à côte, mon père exprimant avec la chaleur d'une émotion encore vibrante tout ce que cette lecture lui avait fait éprouver, son compagnon toujours froid et silencieux. Le premier vantait la gloire du grand écrivain génevois, que son génie avait fait citoyen du monde ; il s'exaltait sur ce privilége des sublimes penseurs qui dominent, malgré l'espace et le temps, et recrutent parmi toutes les nations un peuple de sujets volontaires, mais l'inconnu l'interrompit tout à coup :

—Et savez-vous, dit-il doucement, si Jean-Jacques n'échangerait point la célébrité que vous semblez envier contre la destinée d'un de ces bûcherons dont nous voyons fumer la cabane ! A quoi lui a servi sa renommée, sinon à lui attirer des persécutions ? Les amis inconnus que ses livres ont pu lui faire se contentent de le bénir dans leurs cœurs, tandis que les ennemis déclarés qu'ils lui ont attiré le poursuivent de leurs violences et de leurs calomnies ! Son orgueil a été flatté par le succès ! Combien a-t-il été blessé de fois par la satire ! Et, croyez-le bien, l'orgueil humain ressemble toujours au Sybarite que le pli d'une feuille de rose empêchait de dormir. L'activité d'un esprit vigoureux dont le monde profite, tourne presque toujours contre celui qui le posséde. Il en devient plus exigeant avec la vie; l'idéal qu'il poursuit le désenchante sans cesse de la réalité ; il ressemble à l'homme dont la vue serait trop subtile, et qui dans le plus beau visage, apercevrait des taches et des rugosités. Je ne vous parle point des tentations plus fortes, des chutes plus profondes. Le génie, avez-vous dit, est une royauté ! mais quel honnête homme n'a peur d'être roi ? qui ne sent que pouvoir beaucoup, c'est, avec notre faiblesse et nos emportements, se préparer à beaucoup faillir ! Croyez-moi, monsieur, n'admirez ni n'enviez le malheureux qui a écrit ce livre ; mais si vous avez un cœur sensible, plaignez-le !

Mon père, étonné de l'entraînement avec lequel son compagnon avait prononcé ces derniers mots, ne savait que répondre.

Dans ce moment, ils arrivaient à la route pavée qui joint le château de Meudon et des Dames de France à celui de Versailles ; une voiture passa.

Les dames qui s'y trouvaient aperçurent le vieillard, poussèrent un cri de surprise, et se penchant à la portière, elles répétèrent :

— C'est Jean-Jacques ! c'est Rousseau !

Puis l'équipage disparut.

Mon père était resté immobile , les yeux grand ouverts, les mains en avant, stupéfait et éperdu. Rousseau, qui avait tressailli en entendant prononcer son nom, se tourna de son côté :

— Vous le voyez, dit-il, avec la misanthropique amertume que ses derniers malheurs lui avaient donnée, Jean-Jacques ne peut même se cacher : objet de curiosité pour les uns, de malignité pour les autres, il est pour tous une *chose* publique que l'on se montre au doigt. Encore s'il ne s'agissait que de subir l'indiscrétion des oisifs ! mais dès qu'un homme a eu le malheur de se faire un nom, il appartient à tous ; chacun fouille dans sa vie, raconte ses moindres actions, insulte à ses sentiments ; il devient semblable à ces murs que tous les passants peuvent souiller d'une injurieuse inscription. Vous direz peut–être que j'ai moi-même favorisé cette curiosité en publiant mes *Mémoires*. Mais le monde m'y avait forcé : on regardait chez moi par les fentes, et l'on me calomniait ; j'ai ouvert portes et fenêtres, afin qu'on me connût, du moins, tel que je suis. Adieu, Monsieur ; rappelez-vous toujours que vous avez vu Rousseau pour savoir ce que c'est que la célébrité.

Neuf heures. — Ah ! je comprends aujourd'hui le récit de mon père ! il renferme la réponse à une des questions que je m'adresse depuis une semaine. Oui, je sens maintenant que la gloire et la puissance sont des dons chèrement payés, et que, s'ils font du bruit autour de l'âme, tous deux ne sont ls plus souvent, comme le dit madame de Staël, « qu'un deuil éclatant de bonheur ! »

CHAPITRE VIII.

MISANTHROPIE ET REPENTIR.

———

5 aoùt neuf heures du soir. — Il y a des jours où tout se présente à vous sous un sombre aspect ; le monde est, comme le ciel, couvert d'un brouillard sinistre. Rien ne paraît à sa place ; vous ne voyez que misères, imprévoyances, dureté ; la société se

montre sans providence, livrée à toutes les iniquités du hasard.

J'étais aujourd'hui dans ces tristes dispositions.
Après une longue promenade dans les faubourgs,
j'étais rentré malheureux et découragé.

Tout ce que j'avais aperçu semblait accuser la
civilisation dont nous sommes si fiers ! Égaré dans
une petite rue de traverse qui m'était inconnue,
je me suis trouvé, tout à coup, au milieu de ces
affreuses demeures où le pauvre naît, languit et
meurt. J'ai regardé ces murs lézardés que le temps
a revêtus d'une lèpre immonde ; ces fenêtres où
sèchent des lambeaux souillés ; ces égouts fétides
qui serpentent le long des façades comme de veni-
meux reptiles !.... mon cœur s'est serré et j'ai
pressé le pas.

Un peu plus loin, il a fallu s'arrêter devant le
corbillard de l'hôpital ; un mort, cloué dans sa
bière de sapin, gagnait sa dernière demeure sans
ornements funèbres, sans cérémonies et sans suite.
Il n'y avait pas même ici ce dernier ami des abandonnés, le chien qu'un artiste a donné pour cortége au convoi du pauvre ! Celui qu'on se disposait

à enfouir sous la terre s'en allait seul au sépulcre comme il avait vécu ; nul ne s'apercevrait sans doute de sa fin. Dans cette grande bataille de la société qu'importait un soldat de moins ?

Mais qu'est-ce donc que l'association humaine, si l'un de ses membres peut disparaître ainsi comme une feuille emportée par le vent ?

L'hôpital était voisin d'une caserne ; à l'entrée, des vieillards, des femmes et des enfants se disputaient les restes de pain noir que la charité du soldat leur avait accordés ! Ainsi des êtres semblables à nous tous attendent chaque jour sur le pavé que notre pitié leur donne le droit de vivre ! Des troupes entières de déshérités ont à subir, outre les épreuves infligées à tous les enfants de Dieu, les angoisses du froid, de l'humiliation, de la faim ! Tristes républiques humaines où l'homme a une condition pire que l'abeille dans sa ruche, que la fourmi dans sa cité souteraine !

Ah ! que faisons-nous donc de notre raison ? A quoi bon tant de facultés suprêmes, si nous ne sommes ni plus sages, ni plus heureux ! Qui de nous n'échangerait sa vie laborieuse et tourmen-

tée contre celle de l'oiseau habitant des airs, et
pour qui le monde entier et un festin ?

Que je comprends bien la plainte de Mao, dans
les contes populaires du *Foyer breton*, lorsque,
mourant de soif et de faim, il dit en regardant les
bouvreuils butiner sur les buissons :

— « Hélas ! ces oiseaux-là sont plus heureux
» que les êtres baptisés ! Ils n'ont besoin ni d'au-
» berges, ni de bouchers, ni de fourniers, ni de
» jardiniers. Le ciel de Dieu leur appartient et la
» terre s'étend devant eux comme une table tou-
» jours servie. Les petites mouches sont leur
» gibier, les herbes en graine leurs champs
» de blé, les fruits de l'aubépine ou du rosier
» sauvage leur dessert. Ils ont droit de prendre
» partout sans payer et sans demander : aussi
» les petits oiseaux sont joyeux, et ils chantent
» tant que dure le jour ! »

Mais la destinée de l'homme à l'état de nature
est celle de l'oiseau ; il jouit également de la
création. « La terre aussi s'étend devant lui
» comme une table toujours servie. » Qu'a-t-il
donc gagné à cette association égoïste et incom-

plète qui forme les nations ? Ne vaudrait-il point mieux pour tous rentrer dans le sein fécond de e[nature et y vivre de ses largesses, dans le repos de la liberté ?

10 août, quatre heures du matin. — L'aube rougit les rideaux de mon alcôve; la brise m'apporte es senteurs des jardins qui fleurissent au-dessous de la maison; me voici encore accoudé à ma fenêtre, respirant la fraîcheur et la joie de ce réveil du jour.

Mon regard se promène toujours avec le même plaisir sur les toits pleins de fleurs, de gazouillements et de lumière; mais aujourd'hui il s'est arrêté sur l'extrémité du mur en arc-boutant qui sépare notre maison de celle du voisin : les orages on dépouillé la cime de son enveloppe de plâtre; la poussière emportée par le vent s'est entassée dans les interstices, les pluies l'y ont fixée et en ont fait une sorte de terrasse aérienne où verdissent quelques herbes. Parmi elles se dresse le chalumeau d'une tige de blé, aujourd'hui couronnée d'un maigre épi qui penche sa tête jaunâtre.

Cette pauvre moisson égarée sur les toits, et dont profiteront les passeraux du voisinage, a reporté ma pensée vers les riches récoltes qui tombent aujourd'hui sous la faucille ; elle m'a rappelé les belles promenades que je faisais, enfant, à travers les campagnes de ma province, quand les aires des métairies retentissaient de toutes parts sous les fléaux des batteurs, et que par tous les chemins arrivaient les chariots chargés de gerbes dorées. Je me souviens encore des chants des jeunes filles, de la sérénité des vieillards, de . l'expansion joyeuse des laboureurs. Il y avait, ce jour-là, dans leur aspect, quelque chose de fier et d'attendri. L'attendrissement venait de la reconnaissance pour Dieu, la fierté de cette moisson, récompense du travail. Ils sentaient confusément la grandeur et la sainteté de leur rôle dans l'œuvre générale ; leur regards, orgueilleusement promenés sur ces montagnes d'épis, semblaient dire : — Après Dieu c'est nous qui nourrissons le monde !

Merveilleuse entente de toutes les activités humaines ! Tandis que le laboureur, attaché à son

sillon, prépare pour chacun le pain de tous les
jours, loin de là, l'ouvrier des villes tisse l'étoffe
dont il sera revêtu ; le mineur cherche dans les
galeries souterraines le fer de sa charrue ; le
soldat le défend contre l'étranger; le juge veille
à ce que la loi protége son champ ; l'administra-
teur règle les rapports de ses intérêts particuliers
avec les intérêts généraux; le commerçant s'occupe d'échanger ses produits contre ceux des
contrées lointaines; le savant et l'artiste ajoutent,
chaque jours quelques coursiers à cet attelage
idéal qui entraîne le monde matériel, comme la
vapeur emporte les gigantesques convois de nos
routes ferrées ! Ainsi tout s'allie, tout s'entr'aide ;
le travail de chacun profite à lui-même et à tout
le monde ; une convention tacite a partagé l'œuvre entre les différents membres de la société
tout entière. Si des erreurs sont commises dans
ce partage ; si certaines capacités n'ont pas leur
meilleur emploi, les défectuosités de détail
s'amoindrissent dans la sublime conception de
l'ensemble. Le plus pauvre intéressé dans cette
association a sa place, son travail, sa raison

9

d'être; chacun est quelque chose dans le tout.

Rien de semblable pour l'homme à l'état de nature; chargé seul de lui-même, il faut qu'il suffise
à tout : la création est sa propriété; mais il y trouve
aussi souvent un obstacle qu'une ressource. Il faut
qu'il surmonte ces résistances avec les forces iso-
lées que Dieu lui a données; il ne peut compter
sur d'autre auxiliaire que la rencontre et le hasard.
Nul ne moissonne, ne fabrique, ne combat, ne
pense à son intention; il n'est rien pour personne.
C'est une unité multipliée par le chiffre de ses seules forces, tandis que l'homme civilisé est une
unité multipliée par les forces de la société tout
entière.

Et l'autre jour pourtant, attristé par quelques
vices de détail, je maudissais celle-ci et j'ai presque
envié le sort de l'homme sauvage.

Une des infirmités de notre esprit est de prendre
toujours la sensation pour une preuve, et de juger
la saison sur un nuage ou sur un rayon de soleil.

Ces misères, dont la vue me faisait regretter les
bois, étaient-elles bien réellement le fruit de la
civilisation? Fallait-il accuser la société de les avoir

créées, ou reconnaître, au contraire, qu'elle les
avait adoucies? Les femmes et les enfants qui re-
cevaient le pain noir du soldat pouvaient-ils espérer, dans le désert, plus de ressources ou de pitié?
Ce mort, dont je déplorais l'abandon, n'avait-il point
trouvé les soins de l'hôpital, la bière et l'humble
sépulture où il allait reposer? Isolé loin des hommes, il eût fini, comme la bête fauve, au fond de
sa tanière, et servirait aujourd'hui de pâture aux
vautours! Ces bienfaits de l'association humaine
vont donc chercher les plus déshérités. Quiconque
mange le pain qu'un autre a moissonné et pétri,
est l'obligé de ses frères, et ne peut dire qu'il ne
leur doit rien en retour. Le plus pauvre de nous
a reçu de la société bien plus que ses seules forces
ne lui eussent permis d'arracher à la nature.

Mais la société ne peut-elle nous donner davantage? Qui en doute? Dans cette distribution des
instruments et des tâches, des erreurs ont été
commises! Le temps en diminuera le nombre; les
lumières amèneront un meilleur partage; les éléments d'association iront se perfectionnant comme
tout le reste; le difficile est de savoir se mettre au

pas lent des siècles dont on ne peut jamais forcer la marche sans danger.

14 août, six heures du soir. — La fenêtre de ma mansarde se dresse sur le toit comme une guérite massive; les arêtes sont garnies de larges feuilles de plomb qui vont se perdre sous les tuiles; l'action successive du froid et du soleil les a soulevées; une crevasse s'est formée à l'angle du côté droit. Un moineau y a abrité son nid.

Depuis le premier jour, j'ai suivi les progrès de cet établissement aérien. J'ai vu l'oiseau y transporter successivement la paille, la mousse, la laine destinées à la construction de sa demeure, et j'ai admiré l'adresse persévérante dépensée dans ce difficile travail. Auparavant, mon voisin des toits perdait ses journées à voleter sur le peuplier du jardin, et à gazouiller le long des gouttières. Le métier de grand seigneur semblait le seul qui lui convînt; puis, tout à coup, la nécessité de préparer un abri à sa couvée a transformé notre oisif en travailleur. Il ne s'est plus donné ni repos, ni trève. Je l'ai vu toujours courant, cherchant, apportant; ni pluie ni soleil ne l'arrêtaient! Élo-

quent exemple de ce que peut la nécessité ! Nous
ne lui devons pas seulement la plupart de nos
talents, mais beaucoup de nos vertus!

N'est-ce pas elle qui a donné aux peuples des
zones les moins favorisées l'activité dévorante qui
les a placés si vite à la tête des nations ? Privés de
la plupart des dons naturels, ils y ont suppléé par
leur industrie ; le besoin a aiguisé leur esprit, la
douleur éveillé leur prévoyance. Tandis qu'ailleurs
l'homme, réchauffé par un soleil toujours brillant,
et comblé des largesses de la terre, restait pauvre,
ignorant et nu au milieu de ces dons inexplorés,
lui, forcé par la nécessité, arrachait au sol sa nourriture, bâtissait des demeures contre les intem-
péries de l'air, et réchauffait ses membres sous la
laine des troupeaux. Le travail le rendait à la fois
plus intelligent et plus robuste ; éprouvé par lui
il semblait monter plus haut dans l'échelle des
êtres, tandis que le privilégié de la création, engourdi dans sa nonchalance, restait au degré le
plus voisin de la brute.

Je faisais ces réflexions en regardant l'oiseau
dont l'instinct semblait être devenu plus subtil

depuis qu'il se livrait à son travail. Enfin le nid a été construit ; le ménage ailé s'y est établi, et j'ai pu suivre toutes les phases de son existence nouvelle.

Les œufs couvés, les petits sont éclos et ont été nourris avec les soins les plus attentifs. Le coin de ma fenêtre était devenu un théâtre de morale en action, où les pères et mères de famille auraient pu venir prendre des leçons. Les petits ont grandi vite, et, ce matin, je les ai vu prendre leur volée. Un seul, plus faible que les autres, n'a pu franchir le rebord du toit, et est venu tomber dans la gouttière. Je l'ai rattrapé à grand'peine et je l'ai replacé sur la tuile devant l'ouverture de sa demeure ; mais la mère n'y a point pris garde. Délivrée des soucis de la famille, elle a recommencé sa vie d'aventurière dans les arbres et le long des toits. En vain je me suis tenu éloigné de ma fenêtre pour lui ôter tout prétexte de crainte ; en vain l'oisillon infirme l'a appelée par des petits cris plaintifs, la mauvaise mère passait en chantant et voletait avec mille coquetteries. Le père s'est approché une seule fois, il a regardé sa progéniture d'un air dédaigneux, puis il a disparu pour ne plus revenir !

J'ai émietté du pain devant le petit orphelin, mais il n'a point su le becqueter. J'ai voulu le saisir, il s'est enfui dans le nid abandonné. Que va-t-il devenir là, si sa mère ne reparaît plus ?

15 août six heures. — Ce matin, en ouvrant ma fenêtre, j'ai trouvé le petit oiseau à demi-mort sur la tuile : ses blessures m'ont prouvé qu'il avait été chassé du nid par l'indigne mère. J'ai vainement essayé de le réchauffer sous mon haleine ; je le sens agité des dernières palpitations : ses paupières sont déjà closes, ses ailes pendantes ! Je l'ai déposé sur le toit dans un rayon de soleil, et j'ai refermé ma fenêtre. Cette lutte de la vie contre la mort a toujours quelque chose de sinistre : c'est un avertissement !

Heureusement que j'entends venir dans le corridor : c'est sans doute mon vieux voisin ; sa conversation me distraira...

. . . .

C'était ma portière. Excellente femme ! elle voulait me faire lire une lettre de son fils, le marin, et me prier de lui répondre.

J'ai gardé la première pour la copier sur mon journal. La voici :

« Chère mère,

» La présente est pour vous dire que j'ai toujours été bien portant depuis la dernière fois, sauf que la semaine passée j'ai manqué de me noyer avec le canot, ce qui aurait été une grande perte, vu qu'il n'y a pas de meilleure embarcation.

» Nous avons capoté par un coup de vent ; et juste comme je revenais sur l'eau, j'ai aperçu le commandant qui allait dessous ; je l'ai suivi, comme c'était mon devoir, et, après avoir plongé trois fois je l'ai ramené à flot, ce qui lui a fait bien plaisir ; car, quand on nous a eu hissés à bord et qu'il a repris son esprit, il m'a sauté au cou, comme il eût fait à un officier.

» Je ne vous cache pas, chère mère, que ça m'a flatté le cœur. Mais c'est pas tout ; il paraît que d'avoir repêché le capitaine, ça a rappelé que j'étais un homme solide, et on vient de m'apprendre que je passais matelot *à trente*, ou autrement dit de première classe! Quand j'ai su la chose, je me suis écrié : La mère prendra du café deux fois par jour! Et de fait, chère maman, il n'y a plus maintenant d'empêchement, puisque je vas pouvoir vous augmenter ma délégation.

« Je termine en vous suppliant de vous bien soigner, si vous voulez me rendre service; car l'idée que vous ne manquez de rien me fait me bien porter.

« Votre fils du fond du cœur,

» JACQUES. »

Voici la réponse que la portière m'a dictée :

« Mon bon Jacquot,

» C'est pour moi un grand contentement d'apprendre que tu continues à avoir un brave cœur, et que tu ne feras jamais affront à ceux qui t'ont élevé. Je n'ai pas besoin de te dire de ménager ta vie, parce que tu sais que la mienne est avec, et que sans toi, mon cher enfant, je n'aurais plus de goût que pour le cimetière; mais on n'est pas obligé de vivre, tandis qu'on est obligé de faire son devoir.

O.

» Ne t'inquiète pas de ma santé, bon Jacques, jamais je ne me suis mieux portée! je ne vieillis pas du tout de peur de te faire du chagrin. Rien ne me manque et je vis comme une propriétaire. J'ai même eu cette année de l'argent de trop, et, comme mes tiroirs ferment très-mal, je l'ai placé à la caisse d'épargne, où j'ai pris un livret en ton nom. Ainsi, quand tu reviendras, tu te trouveras dans les rentiers. J'ai aussi garni ton armoire de linge neuf, et je t'ai tricoté trois nouveaux gilets pour le bord.

» Toutes tes connaissances se portent bien. Ton cousin est mort en laissant sa veuve dans la peine. J'ai dit que tu m'avais écrit de lui remettre les trente francs que j'avais touchés sur ta délégation, et la pauvre femme se souvient de toi, matin e soir, dans ses prières. Tu vois que c'est là un placement à une autre caisse d'épargne ; mais celle-ci, c'est notre cœur qui en reçoit les intérêts.

» Au revoir, cher Jacquot ; écris-moi souvent, et rappelle-toi toujours le bon Dieu et ta vieille maman.

» Phrosine MILLOT, née FRAISOIS. »

Brave fils et digne mère ! comme de tels exemples ramènent à l'amour du genre humain ! Dans un accès de fantaisie misanthropique, on peut envier le sort du sauvage et préférer les oiseaux à ses pareils; mais l'observation impartiale fait bien vite justice de tels paradoxes. A l'examen, on trouve que, dans cette humanité mêlée de bien et de mal le bien est assez abondant pour que l'habitude nous empêche d'y prendre garde, tandis que le mal nous frappe précisément par son exception. Si rien n'est parfait, rien non plus n'est mauvais sans compensation ou sans ressource. Que de richesses d'âme au milieu des misères de la société ! comme le monde moral y rachète le monde matériel ! Ce qui distinguera à jamais l'homme de tout le reste de la création, c'est cette faculté des affections choisies et des sacrifices continués. La mère qui soignait sa couvée au coin de ma fenêtre s'est dévouée le temps nécessaire pour accomplir les lois qui assurent la perpétuité de l'espèce ; mais elle obéissait à un instinct, non à une préférence. Sa mission providentielle accomplie, elle a dépouillé le devoir comme un fardeau qu'on rejette.

et elle a repris son égoïste liberté. L'autre mère, au contraire. continuera sa tâche aussi longtemps que Dieu la laissera ici-bas ; la vie de son fils restera, pour ainsi dire, ajoutée à la sienne, et lorsqu'elle disparaîtra de la terre, elle y laissera cette portion d'elle-même.

Ainsi le sentiment fait à notre espèce une existence à part dans le monde ; grâce à lui, nous jouissons d'une sorte d'immortalité terrestre, et, quand les autres êtres se *succèdent*, l'homme est le seul qui se *continue*.

CHAPITRE IX.

LA FAMILLE DE MICHEL AROUT-

—◦╫◦—

Le 15 septembre, huit heures. — Ce matin, pendant que je rangeais mes livres, la mère Geneviève
est venue m'apporter le panier de fruits que je lui
achète tous les dimanches. Depuis bientôt vingt
ans que j'habite le quartier, je me fournis à sa

petite boutique de fruitière. Ailleurs, peut-être, je serais mieux servi ; mais la mère Geneviève a peu de pratiques ; la quitter serait lui faire un tort et un chagrin volontaires ; il me semble que l'ancienneté de nos relations m'a fait contracter envers elle une sorte d'obligation tacite ; ma clientèle est devenue sa propriété.

Elle a posé le panier sur ma table, et comme j'avais besoin de son mari, qui est menuisier, afin d'ajouter quelques rayons à ma bibliothèque, elle est redescendue aussitôt, pour me l'envoyer.

Au premier instant, je n'ai pris garde, ni à son air, ni à son accent ; mais maintenant je me les rappelle, et il me semble qu'ils n'avaient point leur jovialité habituelle. La mère Geneviève aurait-elle quelque souci ?

Pauvre femme ! ses meilleures années ont été pourtant soumises à d'assez cruelles épreuves pour qu'elle regardât sa dette comme payée ! Dussé-je vivre un siècle, je n'oublierai jamais les circonstances qui me l'on fait connaître et qui lui ont conquis mon respect.

C'était aux premiers mois de mon établissement

dans le faubourg. J'avais remarqué sa fruiterie dégarnie où personne n'entrait; et, attiré par cet abandon, j'y faisais mes modestes achats. J'ai toujours préféré, d'instinct, les pauvres boutiques, j'y trouve moins de choix et d'avantages; mais il me semble que mon achat est un témoignage de sympathie pour un frère en pauvreté. Ces petits commerces sont presque toujours l'ancre de miséricorde de destinées en péril, l'unique ressource de quelque orphelin. Là le but du marchand n'est point de s'enrichir, mais de vivre! L'achat que vous lui faites est plus qu'un échange, c'est une bonne action.

La mère Geneviève était encore jeune alors, mais déjà dépouillée de cette fleur des premières années que la souffrance fane si vite chez les femmes du peuple. Son mari, menuisier habile, s'était insensiblement désaccoutumé du travail pour devenir, selon la pittoresque expression des ateliers, un *adorateur de saint Lundi*. Le salaire de la semaine, toujours réduite à deux ou trois jours de travail, était complétement consacré par lui au culte de cette divinité des barrières, et Geneviève devait suffire, par elle-même, à toutes les nécessités du ménage.

Un soir que j'entrais chez elle pour quelques menus achats, j'entendis se quereller dans l'arrière-boutique. Il y avait plusieurs voix de femmes parmi lesquelles je distinguai celle de Geneviève altérée par les larmes. En jetant un coup d'œil vers le fond, j'aperçus la fruitière qui tenait dans ses bras un enfant qu'elle embrassait, tandis qu'une nourrice campagnarde semblait lui réclamer le prix de ses soins. La pauvre femme, qui avait sans doute épuisé toutes les explications et toutes les excuses, pleurait sans répondre, et une de ses voisines cherchait inutilement à apaiser la paysanne. Exaltée par cette avarice villageoise (que justifient trop bien les misères de la rude existence des champs), et par la déception que lui causait le refus du salaire espéré, la nourrice se répandait en récriminations, en menaces, en invectives. J'écoutais, malgré moi, ce triste débat, n'osant l'interrompre et ne songeant point à me retirer, lorsque Michel Arout parut à la porte de la boutique.

Le menuisier arrivait de la barrière, où il avait

passé une partie du jour au cabaret. Sa blouse,
sans ceinture et désagraffée au cou, ne portait
aucune des nobles souillures du travail; il tenait
à la main sa casquette qu'il venait de relever dans
la boue; il avait les cheveux en désordre, l'œil fixe
et la pâleur de l'ivresse. Il entra en trébuchant,
regarda autour de lui d'un air égaré, et appela
Geneviève.

Celle-ci entendit sa voix, poussa un cri et s'é-
lança dans la boutique; mais à la vue du malheureux qui cherchait en vain son équilibre, elle serra
l'enfant dans ses bras et se pencha sur sa tête en
pleurant.

La paysanne et la voisine l'avaient suivie.

— A ça! à la fin de tout, veut-on me payer?
cria la première exaspérée.

— Demandez l'argent au bourgeois, répondit
ironiquement la voisine, en montrant le menuisier qui venait de s'affaisser sur le comptoir.

La paysanne lui jeta un regard.

— Ah! c'est ça le père, reprit-elle. Eh bien! en
voilà des gueux! N'avoir pas le sou pour payer les
braves gens, et s'abîmer comme ça dans le vin.

L'ivrogne releva la tête.

— De quoi, de quoi ? bégaya-t-il ; qui est-ce qui parle de vin ? J'ai bu que de l'eau-de-vie ! Mais je vais retourner en prendre, du vin ! femme, donne-moi ta monnaie, il y a des amis qui m'attendent au *Père la Tuille*.

Geneviève ne répondit rien ; il tourna autour du comptoir, ouvrit le tiroir et se mit à y fouiller.

— Vous voyez où passe l'argent de la maison ! fit observer la voisine à la paysanne ; comment la pauvre malheureuse pourrait-elle vous payer quand on lui prend tout ?

— Est-ce que c'est donc ma faute à moi ? reprit aigrement la nourrice ; on me doit ; de manière ou d'autre, faut qu'on me paye !

Et, s'abandonnant à ce flux de paroles habituel aux femmes de la campagne, elle se mit à raconter longuement tous les soins donnés à l'enfant, et tous les frais dont il avait été l'occasion. A mesure qu'elle rappelait ces souvenirs, sa parole semblait la convaincre plus complétement de son bon droit, et exalter son indignation. La pauvre mère, qui craignait sans doute que ces violences ne finissent par effrayer le nourrisson, rentra dans l'arrière-boutique et le déposa dans son berceau.

Soit que la paysanne vît dans cet acte le parti pris d'échapper à ses réclamations, soit qu'elle fût aveuglée par la colère, elle se précipita vers la pièce du fond, où j'entendis le bruit d'un débat auquel se mêlèrent bientôt les cris de l'enfant. Le menuisier, qui continuait à chercher dans le tiroir, tressaillit et leva la tête.

Au même instant, Geneviève parut à la porte, tenant dans ses bras le nourrisson que la paysanne voulait lui arracher. Elle courut au comptoir et se précipita derrière son mari en criant:

— Michel, défends ton fils!

L'homme ivre se redressa brusquement de toute sa hauteur, comme quelqu'un qui se réveille en sursaut.

— Mon fils! babultia-t-il; quel fils?

Ses regards tombèrent sur l'enfant; un vague éclair d'intelligence traversa ses traits

— Robert, reprit-il... c'est Robert!

Il voulut s'affermir sur ses pieds pour prendre

le nourrisson ; mais il vacillait. La nourrice s'approcha exaspérée.

— Mon argent ou j'emporte le petit ! s'écriat-elle ; c'est moi qui l'ai nourri et élevé : si vous ne payez pas ce qui l'a fait vivre, il doit être pour vous comme s'il était mort. Je ne m'en irai pas sans avoir mon dû ou le nourrisson.

— Et qu'en voulez-vous faire? murmura Geneviève qui serait Robert contre son sein.

— Un enfant trouvé! répliqua durement la paysanne; l'hospice est un meilleur parent que vous, car il paye pour les petits qu'on lui nourrit.

Au mot d'enfant trouvé, Geneviève avait poussé un cri d'horreur. Les bras enlacés autour de son fils dont elle cachait la tête dans sa poitrine, et les deux mains étendues sur lui, elle avait reculé jusqu'au mur et s'y tenait adossée comme une lionne défendant ses petits. La voisine et moi contemplions cette scène sans savoir par quel moyen nous entremettre. Quant à Michel, il nous regardait alternativement, en faisant un visible effort pour comprendre. Lorsque son œil s'arrêtait sur Gene-

viève et sur l'enfant, une rapide expression de joie
s'y reflétait; mais en se retournant vers nous, il
reprenait sa stupidité et son hésitation.

Enfin, il sembla faire un effort prodigieux, s'é-
cria :

— Attendez !

Et, s'avançant vers un baquet plein d'eau, il s'y
plongea le visage à plusieurs reprises.

Tous les yeux s'étaient tournés vers lui; la paysanne elle-même semblait étonnée. Enfin il releva
sa tête ruisselante. Cette ablution avait dissipé une
partie de son ivresse; il nous regarda un instant,
puis se tourna vers Geneviève, et tout son visage
s'illumina.

— Robert ! s'écria-t-il en allant à l'enfant qu'il
prit dans ses bras. Ah ! donne, femme, je veux le
voir.

La mère parut lui abandonner son fils avec répugnance, et resta devant lui les bras étendus,
comme si elle eût craint une chute pour l'enfant.
La nourrice reprit à son tour la parole et renou-
vela ses réclamations. en menaçant cette fois de
la justice. Michel écouta d'abord attentivement;

mais quand il eut compris, il remit le nourrisson à sa mère.

— Combien doit-on? demanda-t-il.

La paysanne se mit à détailler les différentes dépenses, qui montaient à un peu plus de trente francs. Le menuisier cherchait au fond de ses poches, sans rien trouver. Son front se plissait de plus en plus; de sourdes malédictions commençaient à lui échapper; tout à coup il fouilla dans sa poitrine, en retira une grosse montre, et l'élevant au-dessus de sa tête :

— Le voilà, votre argent! s'écria-t-il, avec un éclat de gaieté; une montre, premier numéro! Je me disais toujours que ça serait une poire pour la soif; mais c'est pas moi qui l'aurai bue, c'est le petit... Ah! ah! ah! allez me la vendre, voisine, et si ça ne suffit pas, j'ai mes boucles d'oreilles. Eh! Geneviève, tire-les-moi, les boucles d'oreilles à l'équerre! Il ne sera pas dit qu'on t'aura fait affront pour l'enfant. Non... quand je devrais mettre en gage un morceau de ma chair! La montre, les boucles d'oreilles et ma bague, *lavez*-moi tout ça chez l'orfèvre; payez la campagnarde et laissez dormir le moutard! Donne, Geneviève, je vas le mettre au lit.

·Et prenant le nourrisson des bras de la mère, il le porta d'un pas ferme à son berceau.

Il fut facile de remarquer le changement qui se fit dans Michel à partir de cette journée. Toutes les vieilles relations de débauche furent rompues. Partant pour le travail dès le matin, il revenait régulièrement chaque soir pour finir le jour avec Geneviève et Robert. Bientôt même, il ne voulut plus les quitter, il loua une boutique près de la fruiterie et y travailla pour son compte.

L'aisance serait revenue à la maison sans les dépenses que nécessitait l'enfant. Tout était sacrifié à son éducation. Il avait suivi les écoles, étudié les mathématiques, le dessin, la coupe des charpentes, et ne commençait à travailler que depuis quelques mois. Jusqu'ici le laborieux ménage avait donc épuisé ses ressources à lui préparer une place d'élite dans sa profession; mais, par bonheur, tant d'efforts n'étaient point inutiles; la semence avait porté ses fruits, et l'on touchait aux jours de la moisson...

Pendant que je repassais ainsi mes souvenirs, Michel était arrivé et s'occupait de poser les étagères à l'endroit indiqué.

Tout en écrivant les notes de mon journal, je me suis mis à examiner le menuisier.

Les excès de la jeunesse et le travail de l'âge mûr ont profondément sillonné son visage ; les cheveux sont rares et grisonnants, les épaules courbées, les jambes amaigries et légèrement ployées. On sent, dans tout son être, une sorte d'affaissement. Les traits eux-mêmes ont une expression de tristesse découragée. Il répond à mes questions par monosyllabes et comme un homme qui veut éviter l'entretien. D'où peut venir cet abbattement quand il semble devoir être au terme de ses désirs ? Je veux le savoir !...

Dix heures. — Michel vient de redescendre pour chercher un outil qui lui manquait. J'ai enfin réussi à lui arracher le secret de sa tristesse et de celle de Geneviève. Leur fils Robert en est cause !

Non qu'il ait mal répondu à leurs soins, qu'il soit paresseux ou libertin ; mais tous deux espéraient qu'il ne les quitterait plus ! La présence du jeune homme devaient renouveler et refleurir ces deux existences; la mère comptait les jours, le père préparait tout pour recevoir ce cher compagnon de travail, et, au moment où ils allaient ainsi être payés de leurs sacrifices, Robert leur avait tout à coup annoncé qu'il venait de s'engager avec un entrepreneur de Versailles !

Toutes les remontrances et toutes les prières avaient été inutiles; il avait mis en avant la nécessité de s'initier au mécanisme d'une grande entreprise, la facilité de poursuivre, dans sa nouvelle position, des recherches commencées, et l'espoir de les appliquer. Enfin, lorsque sa mère, à bout de raisons, s'était mise à pleurer, il l'avait embrassée avec précipitation, et était parti pour échapper à de nouvelles prières.

Son absence durait depuis un an, et rien n'annonçait son retour. Ses parents le voyaient à peine une fois chaque mois, encore ne restait-il que quelques instants.

— J'ai été puni par où j'espérais être récompensé, me disait tout à l'heure Michel; j'avais désiré un fils économe et laborieux; Dieu m'a donn

un fils ambitieux et avare ! Je m'étais toujours dit
qu'une fois élevé, nous l'aurions à nos côtés pour
nous rappeler notre jeunesse et nous égayer le
cœur ; sa mère ne pensait qu'à le marier pour avoir
encore des enfants à soigner. Vous savez que les
femmes, ça a toujours besoin de s'occuper des autres ! Moi, je le voyais travailler près de mon établi
en chantant les nouveaux airs... car il a appris la
musique, et c'était le plus fort de l'Orphéon ! —
Une vraie rêverie, monsieur ! — Dès qu'il a eu ses
plumes, l'oiseau a pris sa volée, et il ne reconnaît
plus ni père, ni mère ! Hier, par exemple, c'était
le jour où nous l'attendions ; il devait arriver
pour souper avec nous ! Pas plus de Robert qu'aujourd'hui ! Il aura eu quelque dessin à finir, quelque marché à traiter, et les vieux parents, ça ne
vient qu'en dernière ligne, après les pratiques et
la menuiserie. Ah ! si j'avais deviné comment tour-
nerait la chose ! Imbécile ! qui ai sacrifié pendant
près de vingt ans mes goûts et mon argent pour
élever un ingrat ! C'était bien la peine de me gué-
rir de ma soif, de rompre avec les amis, et de
devenir le modèle du quartier ! Le bon vivant

s'est fait père-dindon ! — Oh ! si j'étais à recommencer ! — Non, non, voyez-vous, les femmes et les enfants, c'est notre perte. Ils nous amollissent le cœur ; ils nous amènent à vivre d'espérance, de dévouement ; nous passons un quart de notre existence à faire pousser un grain de blé qui doit nous tenir lieu de tout dans nos vieux jours, et quand l'heure de la moisson vient, bonsoir, il n'y a rien dans l'épi !

En parlant ainsi, Michel avait la voix rauque, l'œil ardent et les lèvres tremblantes. J'ai voulu lui répondre, mais je n'ai trouvé que des consolations banales : je me suis tû. Le menuisier a prétendu qu'il lui manquait un outil et m'a quitté.

Pauvre père ! ah ! je connais ces moments de tentations où, mal récompensé de la vertu, on regrette d'y avoir obéi ! Qui n'a eu de ces défaillances aux heures d'épreuve, et qui n'a jeté, au moins une fois, le funeste cri de Brutus ?

Mais si *la vertu n'est qu'un mot,* qu'y a-t-il donc de réel et de sérieux dans la vie ? — Non je ne veux point croire à la vanité du bien ! Il ne donne pas toujours les joies que nous avions espérées.

mais il en apporte d'autres. Tout, dans le monde,
a sa logique et son résultat . la vertu ne peut
échapper seule à la loi commune. Si elle devait
être dommageable à qui l'exerce, l'expérience en
aurait fait justice, et l'expérience l'a, au contraire , rendue plus générale et plus sainte.
Nous ne l'accusons d'être une débitrice infidèle
que parce que nous lui demandons un paiement immédiat et qui puisse frapper nos sens.
La vie est toujours, pour nous, un conte de
fées où chaque bonne action doit être récom-
pensée par une merveille. Nous n'acceptons en
paiement ni le repos de la conscience, ni le
contentement de nous-mêmes, ni la bonne renommée parmi les hommes, trésors plus pré-
cieux qu'aucun autre, mais dont on ne sent le
prix qu'après les avoir perdus !

Michel est de retour et s'est remis au travail.
Son fils n'est point encore arrivé.

En me racontant ses espérances et ses douloureux désappointements, son esprit s'est exalté ;
il reprend sans cesse le même sujet et ajoute
quelque chose à ses griefs. Il vient de me complé-

ter ses confidences en me parlant d'un fonds de
menuiserie qu'il avait espéré acquérir et exploiter
avec l'aide de Robert. Le maître actuel s'y était
enrichi : après trente années d'activité, il songeait
à se retirer dans un de ces cottages fleuris de la
banlieue, retraites ordinaires du travailleur économe que le hasard a servi. A la vérité, les deux
mille francs qui devaient être payés comptant
manquaient à Michel ; mais peut-être eût-il décidé
maître Benoît à attendre ; la présence de Robert
eût été pour lui une garantie ; car le jeune homme
ne pouvait manquer de faire prospérer un atelier ;
outre la science et l'adresse, il avait l'imagination
qui découvre ou perfectionne. Son père avait
supris, dans ses dessins, une nouvelle coupe
d'escalier qui le préoccupait depuis longtemps,
et le soupçonnait même de n'avoir traité avec
l'entrepreneur de Versailles que pour l'exécuter.
Le jeune garçon était tourmenté par ce génie de
l'invention qui s'empare de la vie tout entière, et,
livré aux calculs de l'intelligence, il n'avait point
le loisir d'écouter son cœur.

Michel me raconte tout cela avec un mélange

10.

de fierté et de dépit. On sent qu'il tire orgueil du fils qu'il accuse, et que cet orgueil même le rend plus sensible à son abandon.

Six heures du soir. Je viens de finir une heureuse journée. Que d'événements en quelques heures et quel changement pour Geneviève et pour Michel.

Celui-ci achevait de poser les étagères, en me parlant de son fils, tandis que je mettais le couvert pour mon déjeuner.

Tout à coup, des pas pressés ont retenti dans le corridor, la porte s'est ouverte, et Geneviève est entrée avec Robert.

Le menuisier a fait un mouvement de joyeuse surprise, mais qu'il a réprimé aussitôt, comme s'il eût voulu garder l'apparence du ressentiment.

Le jeune homme n'a point paru s'en apercevoir; il s'est jeté dans ses bras avec une expansion qui m'a surpris. Geneviève la figure rayonnante, semblait vouloir parler et se retenir avec peine.

J'ai souhaité la bienvenue à Robert, qui m'a salué d'un air d'aisance polie.

—Je t'attendais hier, a dit Michel Arout un peu
sechement.

— Pardon, père, a répondu le jeune ouvrier;
mais j'avais affaire à Saint-Germain. Je n'ai pu
retrer que très-tard, et le bourgeois m'a retenu.

Le menuisier a regardé son fils de côté et a repris son marteau.

— C'est juste ! a-t-il murmuré d'un ton bou-
deur; quand on est chez les autres, faut faire leurs
volontés; aussi il y en a qui aiment mieux manger du pain noir avec leur couteau, que des per-
drix avec la fourchette d'un maître.

— Et je suis de ceux-là, mon père, a répliqué
Robert gaîment; mais, comme dit le proverbe,
pour *manger les poids il faut les écosser*. J'avais besoin
de travailler d'abord dans un grand atelier...

— Pour ton système d'escalier ! a interrompu
Michel ironiquement.

—Ii faut dire maintenant le système de M. Ray-
mond, mon père, a répliqué Robert en souriant.

— Pourquoi cela?

— Parce que je lui ai vendu l'invention.

Le menuisier, qui rabotait une planche, s'est retourné vivement.

— Vendu! s'est-il écrié l'œil étincelant.

— Par la raison que je n'étais pas assez riche pour la donner.

Michel a rejeté la planche et l'outil.

— Voilà qui lui manquait! a-t-il repris avec colère, son bon génie lui envoie une idée qui pouvait faire parler de lui, et il la vend à un richard qui s'en fera honneur.

— Eh bien! quel mal y a-t-il? a demandé Geneviève.

— Quel mal! s'est écrié le menuisier avec emportement; tu ne comprends rien à cela toi, tu es une femme; mais lui, lui, il sait bien qu'un véritable ouvrier ne cède pas plus son invention pour de l'argent qu'un soldat ne céderait sa croix. C'est sa gloire aussi; faut qu'il la garde pour s'en faire honneur! Ah! tonnerre! si j'avais jamais fait une découverte, plutôt que de la mettre à l'encan, j'aurais vendu un de mes yeux! Une invention pour un ouvrier qui a de' çà, vois-tu, c'est comme un enfant! il la soigne, il l'élève, il lui fait faire son chemin dans le monde, et il n'y a que les sans-cœurs qui en font marché.

Robert a rougi légèrement.

— Vous penserez autrement, mon père, a-t-il dit, quand vous saurez pourquoi j'ai vendu mon système.

— Oui, et tu le remercieras, a ajouté Geneviève, qui ne pouvait plus se taire.

— Jamais, a répondu Michel.

— Mais, malheureux, s'est-elle écriée, il ne l'a vendu que pour nous !

Le menuisier a regardé sa femme et son fils d'un air stupéfait. Il a fallu en venir aux explications.

Celui-ci a raconté comment il était entré en pourparlers avec maître Benoît qui, pour céder son établissement, avait absolument exigé moitié des deux mille francs comptant. C'était dans l'espoir de se les procurer qu'il était entré chez le maître entrepreneur de Versailles; il avait pu y expérimenter son invention et trouver un acheteur. Grâce à l'argent reçu, il venait de conclure avec Benoît, et il apportait à son père la clef du nouveau chantier.

Cette explication du jeune ouvrier avait été donnée avec tant de modestie et de simplicité, que j'en
ai été tout ému. Geneviève pleurait, Michel a serré
son fils sur sa poitrine, et, dans ce long embrasse-
ment, il a semblé lui demander pardon de l'avoir
accusé!

Tout s'explique maintenant à la gloire de Robert.
L'éloignement que ses parents avaient pris pour
de l'indifférence n'était que du dévouement; il
n'avait obéi ni à l'ambition, ni à l'avarice, ni même
à cette passion plus noble d'un génie inventeur;
sa seule inspiration et son seul but avaient été le
bonheur de Geneviève et de Michel. Le jour de la
reconnaissance était venu pour lui, et il leur rendait sacrifice pour sacrifice!

Après les exclamations de joie et les explications tous trois ont voulu me quitter; mais la table
était dressée; j'ai ajouté trois couverts, je les ai
retenus à déjeuner.

Le repas s'est prolongé; la chère y était médio-
crement succulente; mais les épanchements du
cœur l'ont rendue délicieuse. Jamais je n'avais
mieux compris l'ineffable attrait de la famille.

Quelle douceur dans ces joies toujours partagées dans cette communauté d'intérêts qui confond les sensations, dans cette association d'existences qui de plusieurs êtres forme un seul être! qu'est-ce que l'homme sans ces affections du foyer qui, comme autant de racines, le fixent solidement à la terre et lui permettent d'aspirer tous les sucs de la vie? Force, bonheur, tout ne vient-il point de là? Sans la famille, où l'homme apprendrait-il à aimer, à s'associer, à se dévouer? Société en petit, n'est-ce point elle qui nous enseigne à vivre dans la grande? Telle est la sainteté du foyer que, pour exprimer nos rapports avec Dieu, nous avons dû emprunter les mots inventés pour la famille. Les hommes se sont nommés eux-mêmes les *fils* du *Père* suprême !

Ah ! conservons-les, ces chaînes de l'intimité domestique ; ne délions pas la gerbe humaine pour livrer ses épis à tous les caprices du hasard et du vent ; mais élargissons plutôt cette sainte loi, transportons les habitudes de la famille au-dehors, et réalisons, s'il se peut, le vœu de l'apôtre des gentils, quand il criait aux nouveaux enfants du Christ : *Soyez tous ensemble comme si vous étiez un seul!*

CHAPITRE X.

LA PATRIE.

———

Octobre. — Le 12, sept heures du matin. — Les nuits sont déjà devenues froides et longues, le soleil ne me réveille plus derrière mes rideaux longtemps avant l'heure du travail, et, lors même que mes yeux se sont ouverts, la douce chaleur du lit me retient enchaîné sous mon édredon. Tous

11

les matins il s'élève un long débat entre ma diligence et ma paresse, et, chaudement enveloppé
jusqu'aux yeux, j'attends, comme le Gascon,
qu'elles aient réussi à se mettre d'accord.

Ce matin, cependant, une lueur qui glissait à
travers ma porte jusqu'à mon chevet, m'a réveillé
plus tôt que d'habitude. J'ai eu beau me retourner
de tous côtés, la clarté obstinée m'a poursuivi, de
position en position, comme un ennemi victorieux.
Enfin, à bout de patience, je me suis levé sur mon
séant, et j'ai lancé mon bonnet de nuit aux pieds
du lit!...

(J'observerai, entre parenthèses, que les différentes évolutions de cette pacifique coiffure paraissent avoir été, de tout temps, le symbole des mouvements passionnés de l'âme ; car notre langue
leur a emprunté ses images les plus usuelles. C'est
ainsi que l'on dit : *Mettre son bonnet de travers; jeter
son bonnet par-dessus les moulins ; avoir la tête près
du bonnet*, etc.)

Quoi qu'il en soit, je me suis levé de fort mauvaise humeur, pestant contre mon nouveau voisin
qui s'avise de veiller quand je veux dormir. Nous

sommes tous ainsi faits ; nous ne comprenons pas
que les autres hommes puissent vivre pour leur
propre compte. Chacun de nous ressemble à la
terre du vieux système de Ptolémée, et veut que
l'univers entier tourne autour de lui. Sur ce point,
pour employer la métaphore déjà signalée plus
haut : *Tous les hommes ont la tête dans le même bonnet.*

J'avais provisoirement, comme je l'ai déjà dit,
lancé le mien à l'autre bout de mon alcôve, et je
dégageais lentement mes jambes des chaudes
couvertures, en faisant une foule de réflexions
maussades sur l'inconvénient des voisins.

Il y a un mois encore, je n'avais point à me
plaindre de ceux que le hasard m'avait donnés ;
la plupart ne rentraient que pour dormir, et res-
sortaient dès leur réveil. J'étais presque toujours
seul à ce haut étage, seul avec les nuées et les
passereaux !

Mais à Paris rien n'est durable : le flot de la vie
roule les destinées comme des algues détachées
du rocher ; les demeures sont des vaisseaux qui ne
reçoivent que des passagers. Combien de visages
différents j'ai déjà vus traverser ce long corridor

de nos mansardes? Combien de compagnons de quelques jours disparus pour jamais ! Les uns sont allés se perdre dans cette mêlée de vivants qui tourbillonne sous le fouet de la nécessité; les autres dans cette litière de morts qui dorment sous la main de Dieu !

Pierre le relieur est un de ces derniers. Retiré dans son égoïsme, il était resté sans famille, sans amis ; il est mort seul comme il avait vécu. Sa perte n'a été pleurée de personne, n'a rien dérangé dans le monde; il y a eu seulement une fosse remplie au cimetière, et une mansarde vide dans notre faubourg.

C'est elle que mon nouveau voisin occupe depuis quelques jours.

A vrai dire (maintenant que je suis tout à fait réveillé et que ma mauvaise humeur est allée rejoindre mon bonnet), à vrai dire, ce nouveau voisin, pour être plus matinal qu'il ne conviendrait à ma paresse, n'en est pas moins un fort brave homme ; il porte sa misère, comme bien peu savent porter leur heureuse fortune, avec gaieté et modération.

Cependant le sort l'a cruellement éprouvé. Le père Chaufour n'est plus qu'une ruine d'homme. A la place d'un de ses bras pend une manche repliée ; la jambe gauche sort de chez le tourneur, et la droite se traîne avec peine ; mais au-dessus de ces débris se dresse un visage calme et jovial. En voyant son regard rayonnant d'une sereine énergie, en entendant sa voix dont la fermeté est, pour ainsi dire, accentuée de bonté, on sent que l'âme est restée entière dans l'enveloppe à moitié détruite. La forteresse est un peu endommagée, comme dit le père Chaufour ; mais la garnison se porte bien.

Décidément, plus je me rappelle cet excellent homme, et plus je me reproche l'espèce de malédiction que je lui ai jetée en me réveillant.

Nous sommes, en général, trop indulgents pour ces torts secrets envers notre prochain. Toute malveillance qui ne sort pas du domaine de la pensée nous semble innocente, et, dans notre grossière justice, nous absolvons sans examen le péché qui ne s'est point traduit par l'action !

Mais ne sommes-nous donc tenus envers les

autres qu'à l'exécution des codes ? Outre les
relations de faits, n'y a-t-il point entre les hommes une sérieuse relation de sentiments ? Ne
devons-nous point à tous ceux qui vivent sous
le même ciel que nous le secours, non-seulement
de nos actes, mais de nos intentions ? Chaque
destinée humaine ne doit-elle pas être pour nous
un vaisseau que nous accompagnons de nos vœux
d'heureux voyage ? Il ne suffit pas que les hommes ne se nuisent point l'un à l'autre, il faut
encore qu'ils s'entr'aident, il faut qu'ils s'aiment !
La bénédiction du pape : *urbi et orbi !* devrait
être l'éternel cri de tous les cœurs. Maudire qui
ne l'a point mérité, même intérieurement, même
en passant, c'est contrevenir à la grande loi, celle
qui a établi ici-bas l'association des âmes, et à
laquelle le Christ a donné le doux nom de *charité.*

Ces scrupules me sont venus pendant que j'a-
chève de m'habiller, et je me suis dit que le père
Chaufour avait droit à une réparation. Pour com-
penser le mouvement de malveillance de tout à
l'heure, je lui dois un témoignage ostensible de
sympathie ; je l'entends fredonner chez lui ; il est

au travail; je veux lui faire, le premier, ma visite de voisinage.

Huit heures du soir. — J'ai trouvé le père Chaufour devant une table éclairée par une petite lampe fumeuse, sans feu, bien qu'il fasse déjà froid, et fabriquant de grossiers cartonnages; il murmurait entre ses dents un refrain populaire. Au moment où j'ai entr'ouvert la porte, il a poussé une exclamation de joyeuse surprise.

— Eh! c'est vous, voisin! entrez donc! je ne vous croyais pas si matinal: aussi j'avais mis une sourdine à ma chanterelle ; j'avais peur de vous réveiller.

Excellent homme! tandis que je l'envoyais au diable, il se gênait pour moi!

Cette idée m'a touché, et je lui ai fait, comme voisin, mes compliments de bienvenue avec une expansion qui lui a ouvert le cœur.

— Ma foi! vous m'avez l'air d'un bon chrétien, m'a-t-il dit, d'un ton de cordialité soldatesque en me serrant la main : j'aime pas les gens qui regardent le corridor comme une frontière et traitent les voisins en Cosaques. Quand on mange du même air et qu'on parle le même jargon, on n'est pas fait pour se tourner le dos... Asseyez-vous là, voisin, sans vous commander... Seule-ment, prenez garde au tabouret, il n'a que trois pieds, et faut que la bonne volonté tienne lieu du quatrième.

— Il me semble que c'est une richesse qui ne manque point ici? ai-je fait observer.

— La bonne volonté! a répété Chaufour; c'est tout ce que m'a laissé ma mère, et j'estime qu'au-cun fils n'a reçu un meilleur héritage. Aussi, à la batterie, ils m'appelaient *Monsieur Content.*

— Vous avez servi?

— Dans le troisième d'artillerie pendant la Ré-publique, et plus tard dans la garde, pendant tout le tremblement. J'étais à Jemmapes et à Water-loo, comme qui dirait au baptême et à l'enterre-ment de notre gloire!

Je le regardai avec étonnement.

— Et quel âge aviez-vous donc à Jemmapes? demandai-je.

— Mais quelque chose comme quinze ans, dit-il.

— Et vous avez eu l'idée de servir si jeune?

—C'est-à-dire que je n'y songeais pas. Je travaillais alors dans la bimbeloterie, sans penser que la France pût me demander autre chose que de lui fabriquer des damiers, des volants et des bilboquets. Mais j'avais à Vincennes un vieil oncle que j'allais voir, de loin en loin ; un ancien de Fontenoy, arrangé dans mon genre, mais un savant qui en eût remontré à des maréchaux. Malheureusement, dans ce temps-là, il paraît que les gens de rien n'arrivaient pas à la vapeur. Mon oncle, qui avait servi de manière à être nommé prince sous *l'autre*, était alors retraité comme simple sous-lieutenant. Mais fallait le voir avec son uniforme, sa croix de Saint-Louis, sa jambe de bois, ses moustaches blanches et sa belle figure !.. On eût dit un portrait de ces vieux héros en cheveux poudrés qui sont à Versailles !

Toutes les fois que je le visitais, il me disait des choses qui me restaient dans l'esprit. Mais un jour je le trouvai tout sérieux.

—Jérôme, me dit-il, sais-tu ce qui se passe à la frontière ?

—Non, lieutenant, que je lui réponds.

— Eh bien, qu'il reprend, la patrie est en péril !

Je ne comprenais pas bien, et cependant ça me fit quelque chose.

— Tu n'as peut-être jamais pensé à ce qu'est la patrie, reprit-il, en me posant une main sur l'épaule ; c'est tout ce qui t'entoure, tout ce qui t'a élevé et nourri, tout ce que tu as aimé ! Cette campagne que tu vois, ces maisons, ces arbres, ces jeunes filles qui passent là en riant, c'est la patrie ! Les lois qui te protégent, le pain qui paie ton travail, les paroles que tu échanges, la joie et la tristesse qui te viennent des hommes et des choses parmi lesquels tu vis, c'est la patrie ! La petite chambre où tu as vu autrefois ta mère, les souvenirs qu'elle t'a laissés, la terre où elle repose, c'est la patrie ! tu la vois, tu la respires partout ! Figure-toi, mon fils, tes droits et tes devoirs, tes affections et tes besoins, tes souvenirs et ta reconnaissance, réunis tout ça sous un seul nom, et ce nom-là sera la patrie !

J'étais tremblant d'émotion, avec de grosses larmes dans les yeux.

— Ah ! j'entends, m'écriai-je ; c'est la famille en

grand, c'est le morceau de monde où Dieu a
attaché notre corps et notre âme.

—Juste, Jérôme, continua le vieux soldat; aussi
tu comprends, n'est-ce pas, ce que nous lui devons.

—Parbleu ! que je repris, nous lui devons tout
ce que nous sommes; c'est une affaire de cœur.

— Et de probité, mon enfant, qu'il acheva; le
membre d'une famille qui n'y apporte pas sa part
de services, de bonheur, manque à ses devoirs et
est un mauvais parent; l'associé qui n'enrichit pas
la communauté de toutes ses forces, de tout son
courage, de toutes ses bonnes intentions, la frau-
de de ce qui lui appartient et est un malhonnête
homme; de même celui qui jouit des avantages
d'avoir une patrie sans en accepter toutes les charges, forfait à l'honneur et est un mauvais citoyen !

— Et que faut-il faire, lieutenant, pour être bon
citoyen ? demandai-je.

— Faire pour sa patrie ce qu'on ferait pour son
père et sa mère, dit-il.

Je ne répliquai rien sur le moment, j'avais le
cœur gonflé et le sang qui me bouillait dans le

cerveau. Mais en revenant le long du chemin ,
les paroles de mon oncle étaient, pour ainsi dire,
écrites devant mes yeux. Je répétais : — Fais pour
ta patrie ce que tu ferais pour ton père et pour ta
mère... Et la patrie est en péril ; les étrangers
l'attaquent, tandis que moi, je tourne des bilboquets !...

Cette idée-là me travailla si bien dans l'esprit
toute la nuit, que le lendemain je retournai à
Vincennes pour annoncer au lieutenant que je
venais de m'enrôler, et que je partais pour la frontière. Le brave homme me serra sur sa croix de
Saint-Louis, et je m'en allai fier comme un repré-
sentant en mission.

Voilà comment, voisin, je suis devenu volontaire
de la République avant d'avoir fait mes dents de
sagesse.

Tout cela était dit sans emphase avec la gaîté
délibérée des hommes qui ne regardent le devoir
accompli ni comme un mérite, ni comme un fardeau. Le père Chaufour s'animait en parlant, non
à cause de lui, mais pour les choses mêmes. Evidemment ce qui l'occupait dans le drame de la

vie, ce n'était point son rôle, c'était **la pièce!**

Cette espèce de désintéressement d'amour-propre m'a touché. J'ai prolongé ma visite et je lui ai montré une grande confiance, afin de mériter la sienne. Au bout d'une heure, il savait ma position et mes habitudes; j'étais déjà pour lui une vieille connaissance.

Je lui ai même avoué la mauvaise humeur que la lueur de sa lampe m'avait donnée quelques instants auparavant. Il a reçu ma confidence avec cette gaîté affectueuse des cœurs bien faits qui prennent toute chose du bon côté. Il ne m'a parlé ni du besoin qui l'obligeait au travail quand je prolongeais mon sommeil, ni du dénuement du vieux soldat opposé à la mollesse du jeune commis; il s'est seulement frappé le front en s'accusant d'étourderie, et il m'a promis de garnir sa **porte de bourrelets!**

O grande et belle âme, chez laquelle rien ne tourne en amertume, et qui n'a de force que pour la bienveillance et le devoir!

15 *octobre.* — Ce matin, je regardais une petite **gravure,** encadrée par moi et placée au-dessus de ma table de travail; c'est un dessin où Gavarni, devenu sérieux, a représenté *un vétéran et un conscrit* (1).

A force de contempler ces deux figures, d'expression si diverse et si vive, toutes deux se sont animées devant mes yeux; je les ai vues se mouvoir, je les ai entendu se parler; l'image est devenue une scène vivante dont je me trouvais le spectateur.

Le vétéran avançait lentement une main appuyée sur l'épaule du jeune soldat. Ses yeux, à jamais fermés, n'apercevaient plus le soleil qui scintillait à travers les marronniers en fleur. A la place du bras droit se pliait une manche vide, et l'une des cuisses reposait sur une jambe de chêne dont le retentissement sur le pavé faisait retourner les passants.

A la vue de ce vieux débris de nos luttes patriotiques, la plupart hochaient la tête avec une pitié affligée, et faisaient entendre une plainte ou une malédiction.

(1) Voir dans le *Magasin Pittoresque* de 1847 cette belle composition.

— Voilà à quoi sert la gloire ! disait un gros marchand, en détournant les yeux avec horreur.

— Déplorable emploi d'une vie humaine ! reprenait un jeune homme qui portait sous le bras un volume de philosophie.

— Le troupier aurait mieux fait de ne point quitter sa charrue, ajoutait un paysan d'un air narquois.

— Pauvre vieux ! murmurait une femme presque attendrie.

Le vétéran a entendu et son front s'est plissé ; car il lui semble que son conducteur est devenu pensif ! Frappé de ce qui se répète autour de lui, il répond à peine aux questions du vieillard, et son regard, vaguement perdu dans l'espace, paraît y chercher la solution de quelque problème.

Les moustaches grises du vétéran se sont agitées ; il s'arrête brusquement, et retenant, du bras qui lui reste, son jeune conducteur :

— Ils me plaignent tous, dit-il, parce qu'ils ne comprennent pas ; mais si je voulais leur répondre !...

— Que leur diriez-vous, père ? demande le jeune garçon avec curiosité.

— Je dirais d'abord à la femme qui s'afflige, en me regardant, de donner ses larmes à d'autres malheurs, car chacune de mes blessures rappelle un effort tenté pour le drapeau. On peut douter de certains dévouements ; le mien est visible ; je porte sur moi des états de service écrits avec le fer et le plomb des ennemis ; me plaindre d'avoir fait mon devoir, c'est supposer qu'il eût mieux valu le trahir.

— Et que répondriez-vous au paysan, père ?

— Je lui répondrais que pour conduire paisiblement la charrue, il faut d'abord garantir la frontière, et que tant qu'il y aura des étrangers prêts à manger notre moisson, il faudra des bras pour la défendre.

— Mais le jeune savant aussi a secoué la tête, en déplorant un pareil emploi de la vie ?

— Parce qu'il ne sait pas ce que peuvent apprendre le sacrifice et la souffrance ! Les livres qu'il étudie nous les avons pratiqués, nous, sans les connaître ; les principes qu'il applaudit, nous les avons défendus avec la poudre et la baïonnette.

— Et au prix de vos membres et de votre sang; le bourgeois l'a dit en voyant ce corps mutilé : Voilà à quoi sert la gloire !

— Ne le crois pas, mon fils ; la vraie gloire est le pain du cœur ; c'est elle qui nourrit le dévouement, la patience, le courage ! Le maître de tout l'a donnée comme un lien de plus entre les hommes. Vouloir être remarqué par ses frères, n'est-ce pas encore leur prouver notre estime et notre sympathie ? Le besoin d'admiration n'est qu'un des côtés de l'amour. Non, non, la gloire *juste* n'est jamais trop payée ! Ce qu'il faut déplorer, enfant, ce ne sont pas les infirmités qui constatent un généreux sacrifice ; mais celles qu'ont appelées nos vices ou nos imprudences. Ah ! si je pouvais parler haut à ceux qui me jettent, en passant, un regard de pitié, je crierais à ce jeune homme, dont les excès ont obscurci la vue avant l'âge : — Qu'as-tu fait de tes yeux ? A l'oisif qui traîne, avec effort, sa masse énervée : — Qu'as-tu fait de tes pieds ? Au vieillard que la goutte punit de son intempérance : — Qu'as-tu fait de tes mains ! A tous : — Qu'avez-vous fait des jours que Dieu vous avait accordés, des facultés que vous deviez employer au profit de vos frères ? Si vous ne pouvez répondre, ne plaignez plus le vieux soldat mutilé pour le pays; car, lui, il peut du moins montrer ses cicatrices sans rougir.

16 *octobre*. — La petite gravure m'a fait mieux comprendre les mérites du père Chaufour et je l'en ai estimé davantage.

Il sort à l'instant de ma mansarde. Il ne se passe plus un seul jour sans qu'il vienne travailler près de mon feu ou sans que j'aille m'asseoir et causer près de son établi.

Le vieil artilleur a beaucoup vu et raconte volontiers. Voyageur armé pendant vingt ans à travers l'Europe, il a fait la guerre sans haine et avec une seule idée : l'honneur du drapeau national ! Ça été là sa superstition, si l'on veut ; mais ça été, en même temps, sa sauve-garde.

Ce mot de FRANCE, qui retentissait alors si glorieusement dans le monde, lui a servi de talisman contre toutes les tentations. Avoir à soutenir un grand nom peut sembler un fardeau aux na-

tures vulgaires ; mais pour les forts, c'est un en-
couragement.

— J'ai bien eu aussi des instants, me disait-il
l'autre jour, où j'aurais été porté à *cousiner avec
le diable.* La guerre n'est pas précisément une école de vertus champêtres. A force de brûler, de dé-
molir et de tuer, vous vous racornissez un peu à
l'endroit des sentiments, et quand la baïonnette
vous a fait roi, il vous vient parfois des idées d'au-
tocrate un peu fortes en couleur. Mais à ces mo-
ments-là, je me rappelais la patrie dont m'avait
parlé le lieutenant, et je me disais tout bas le mot
connu : *Toujours Français !* On en a ri depuis ! Des
gens qui feraient de la mort de leur mère un ca-
lembour, ont tourné la chose en ridicule, comme
si le nom de la patrie n'était pas aussi une noblesse
qui obligeait ! Pour mon compte, je n'oublierai
jamais de combien de sottises ce titre de Français
m'a préservé. Quand la fatigue prenait le dessus,
que je me trouvais en arrière du drapeau, et que
les coups de fusil pétillaient à l'avant-garde, j'en-
tendais bien parfois une voix qui me disait à l'o-
reille : — Laisse les autres se débrouiller, et pour

aujourd'hui ménage ta peau ! Mais ce mot *Français!*
grondait alors en moi, et je courais au secours de
la brigade. D'autres fois, quand la faim, le froid,
les blessures m'avaient agacé les nerfs, et que j'ar-
rivais chez quelque *meinherr* maussade, il me prenait bien une démangeaison d'éreinter l'hôte et de
brûler la baraque ; mais je me disais tout bas :
Français! et ce nom-là ne pouvait rimer ni avec
incendiaire, ni avec meurtrier. J'ai traversé ainsi
les royaumes de l'est à l'ouest et du nord au midi,
toujours occupé de ne pas faire affront au drapeau. Le lieutenant, voyez-vous, m'avait appris un
mot magique : LA PATRIE ! Il ne s'agissait pas
seulement de la défendre, il fallait l'agrandir et la
faire aimer.

17 *octobre*. — J'ai fait aujourd'hui une longue
visite chez mon voisin. Un mot prononcé au
hasard a amené une nouvelle confidence.

Je lui demandais si les deux membres dont il
était privé avaient été perdus à la même bataille.

— Non pas, non pas, m'a-t-il répondu : le
canon ne m'avait *pris* que la jambe ce sont les
carrières de Clamart qui m'ont *mangé* le bras.

Et comme je lui demandais des détails '

— C'est simple comme bonjour, a-t-il continué. Après la grande débâcle de Waterloo, j'étais demeuré trois mois aux ambulances pour laisser à ma jambe de bois le temps de pousser. Une fois en mesure de réemboîter le pas, je pris congé du major et je me dirigeai sur Paris, où j'espérais trouver quelque parent, quelque ami ; mais rien, tout était parti, ou sous terre. J'aurais été moins étranger à Vienne, à Madrid, à Berlin ! Cependant, pour avoir une jambe de moins à nourrir, je n'en étais pas plus à mon aise; l'appétit était revenu, et les derniers sous s'envolaient.

A la vérité, j'avais rencontré mon ancien chef d'escadron, qui se rappelait que je l'avais tiré de la bagarre à Montereau en lui donnant mon cheval, et qui m'avait proposé chez lui place au feu et à la chandelle. Je savais qu'il avait épousé, l'année d'avant, un château et pas mal de fermes; de sorte que je pouvais devenir à perpétuité brosseur d'un millionnaire, ce qui n'était pas sans douceur. Restait à savoir si je n'avais rien de mieux à faire. Un soir je me mis à réfléchir.

—Voyons, Chaufour, que je me dis, il s'agit de se conduire comme un homme. La place chez le commandant te convient; mais ne peux-tu rien faire de mieux ? Tu as encore le torse en bon état et les bras solides ; est-ce que tu ne dois pas toutes tes forces à la patrie, comme disait l'oncle de Vincennes ? Pourquoi ne pas laisser quelque ancien plus démoli que toi prendre ses invalides chez le commandant ? Allons, troupier, encore quelques charges à fond puisqu'il te reste du poignet ! Faut pas se reposer avant le temps.

Sur quoi j'allai remercier le chef d'escadron et offrir mes services à un ancien de la batterie qui était rentré à Clamart dans son *foyer respectif*, et qui avait repris la pince de carrier.

Pendant les premiers mois, je fis le métier de conscrit, c'est-à-dire plus de mouvements que de besogne ; mais avec de la bonne volonté on vient à bout des pierres comme de tout le reste : sans devenir, comme on dit, une tête de colonne, je pris mon rang, en serre-file, parmi les bons ouvriers, et je mangeais mon pain de bon appétit, vu que je le gagnais de bon cœur. C'est que,

même sous le tuf, voyez-vous, j'avais gardé ma
gloriole. L'idée que je travaillais, pour ma part,
à changer les roches en maisons, me flattait intérieurement. Je me disais tout bas :

— Courage, Chaufour, mon vieux, tu aides à
embellir ta patrie.

Et ça me soutenait le moral.

Malheureusement, j'avais parmi mes compagnons des citoyens un peu trop sensibles aux
charmes du cognac; si bien qu'un jour, l'un d'eux,
qui voyait sa main gauche à droite, s'avisa de
battre le briquet près d'une mine chargée : la
mine prit feu sans dire gare, et nous envoya une
mitraille de cailloux qui tua trois hommes et
emporta le bras dont il ne me reste plus que la
manche.

— Ainsi, vous étiez de nouveau sans état? dis-je
au vieux soldat.

— C'est-à-dire qu'il fallait en changer, reprit-il
tranquillement. Le difficile était d'en trouver un
qui se contentât de cinq doigts au lieu de dix; je
le trouvai pourtant.

— Où cela?

— Parmi les balayeurs de Paris.

— Quoi ! vous avez fait partie ?...

— De l'escouade de salubrité ; un peu, voisin, et c'est pas mon plus mauvais temps. Le corps du balayage n'est pas si mal composé que malpropre, savez-vous ! Il y a là d'anciennes actrices qui n'ont pas su faire d'économies, des marchands ruinés à la Bourse ; nous avions même un professeur d'humanités qui, pour un petit verre, vous récitait du latin ou des tragédies, à votre choix. Tout ça n'eût pas pu concourir pour le prix Monthyon ; mais la misère faisait pardonner les vices, et la gaîté consolait de la misère. J'étais aussi gueux et aussi gai, tout en tâchant de valoir un peu mieux. Même dans la fange du ruisseau. j'avais gardé mon opinion que rien ne déshonore de ce qui peut être utile au pays.

— Chaufour, que je me disais en riant tout bas, après l'épée le marteau, après le marteau le balai ; tu dégringoles, mon vieux, mais tu sers toujours ta patrie.

— Cependant vous avez fini par quitter votre nouvelle profession ? ai-je repris.

— Pour cause de réforme, voisin ; les balayeurs ont rarement le pied sec, et l'humidité a fini par raviver les blessures de ma bonne jambe. Je no pouvais plus suivre l'escouade; il a fallu déposer les armes. Voilà deux mois que j'ai cessé de travailler à *l'assainissement de Paris.*

Au premier instant, ça m'a étourdi ! De mes quatre membres, il ne me restait plus que la main droite, encore avait-elle perdu sa force ! fallait donc lui trouver une occupation *bourgeoise.* Après avoir essayé un peu de tout, je suis tombé sur le cartonnage, et me voilà fabricant d'étuis pour les pompons de la garde nationale ; c'est une œuvre peu lucrative, mais à la portée de toutes les intelligences. En me levant à quatre heures et en travaillant jusqu'à huit, je gagne soixante-cinq centimes ! le logement et la gamelle en prennent cinquante ; reste trois sous pour les dépenses de luxe. Je suis donc plus riche que la France, puisque j'équilibre mon budget , et je continue à la servir, puisque je lui économise ses pompons.

A ces mots, le père Chaufour m'a regardé en

riant. et ses grands ciseaux ont recommencé à couper le papier vert pour ses étuis.

Je suis resté attendri et tout pensif.

Encore un membre de cette phalange sacrée qui, dans le combat de la vie, marche toujours en avant pour l'exemple et le salut du monde ! Chacun de ces hardis soldats a son cri de guerre : celui-ci la patrie, celui-là la famille, cet autre l'humanité ; mais tous suivent le même drapeau, celui du devoir ; pour tous règne la même loi divine, celle du dévouement. Aimer quelque chose plus que soi-même, là est le secret de tout ce qui est grand ; savoir vivre en dehors de sa personne, là est le but de tout instinct généreux.

CHAPITRE XI.

UTILITE MORALE DES INVENTAIRES.

─◦◦◦─

13 novembre, neuf heures du soir. — J'avais bien calfeutré ma fenêtre : mon petit tapis de pied était cloué à sa place ; ma lampe garnie de son abat-jour laissait filtrer une lumière adoucie, et mon poêle ronflait sourdement comme un animal domestique.

Autour de moi tout faisait silence. Au dehors seulement une pluie glacée balayait les toits et roulait avec de longues rumeurs dans les gouttières sonores. Par instants, une raffale courait sous les tuiles qui s'entre-froissaient avec un bruit de castagnettes, puis elle s'engouffrait dans le corridor désert. Alors un petit frémissement voluptueux parcourait mes veines, je ramenais sur moi les pans de ma vieille robe de chambre ouatée, j'enfonçais sur mes yeux ma toque de velours râpé, et, me laissant glisser plus profondément dans mon fauteuil, les pieds caressés par la chaude lueur qui brillait à travers la porte du poêle, je m'abandonnais à une sensation de bien-être avivée par la conscience de la tempête qui bruissait au dehors. Mes regards noyés dans une sorte de vapeur erraient sur tous les détails de mon paisible intérieur; ils allaient de mes gravures à ma bibliothèque, en glissant sur la petite causeuse de toile perse, sur les rideaux blancs de la couchette de fer, sur le casier aux cartons dépareillés, humbles archives de la mansarde! puis, revenant au livre que je tenais à la main, ils s'efforçaient de ressaisir le fil de la lecture interrompue.

Au fait, cette lecture, qui m'avait d'abord captivé, m'était devenue pénible. J'avais fini par trouver les tableaux de l'écrivain trop sombres. Cette peinture des misères du monde me semblait exagérée ; je ne pouvais croire à de tels excès d'indigence ou de douleur ; ni Dieu, ni la société ne devaient se montrer aussi durs pour les fils d'Adam. L'auteur avait cédé à une tentation d'artiste ; il avait voulu élever l'humanité en croix, comme Néron brûlait Rome, dans l'intérêt du pittoresque !

A tout prendre, cette pauvre maison du genre humain, tant refaite, tant critiquée, était encore un assez bon logement : on y trouvait de quoi satisfaire ses besoins, pourvu qu'on sût les borner ; le bonheur du sage coûtait peu et ne demandait qu'une petite place !...

Ces réflexions consolantes devenaient de plus en plus confuses... Enfin mon livre glissa à terre sans que j'eusse le courage de me baisser pour le reprendre, et, insensiblement gagné par le bien-être du silence, de la demi-obscurité et de la chaleur, je m'endormis.

Je demeurai quelque temps plongé dans cette espèce d'évanouissement du premier sommeil ; enfin
quelques sensations vagues et interrompues le tra-
versèrent. Il me sembla que le jour s'obscurcis-
sait... que l'air devenait plus froid... J'entre-
voyais des buissons couverts de ces baies écarla-
tes qui annoncent l'hiver... Je marchais sur une
route sans abri, bordée, çà et là, de genévriers
blanchis par le givre... Puis la scène changeait
brusquement... J'étais en diligence... la bise
ébranlait les vitres des portières ; les arbres chargés de neige passaient comme des fantômes ;
j'enfonçais vainement dans la paille broyée mes
pieds engourdis... Enfin la voiture s'arrêtait, et,
par un de ces coups de théâtre familiers au sommeil, je me trouvais seul dans un grenier sans
cheminée, ouvert à tous les vents. Je revoyais le
doux visage de ma mère, à peine aperçu dans
ma première enfance, la noble et austère figure
de mon père, la petite tête blonde de ma sœur
enlevée à dix ans ; toute la famille morte revivait
autour de moi ; elle était là, exposée aux morsures du froid et aux angoisses de la faim. Ma mère

priait près du vieillard résigné, et ma sœur, roulée sur quelques lambeaux dont on lui avait fait un lit, pleurait tout bas en tenant ses pieds nus dans ses petites mains bleuies.

C'était une page du livre que je venais de lire, transportée dans ma propre existence.

J'avais le cœur oppressé d'une inexprimable angoisse. Accroupi dans un coin, les yeux fixés sur ce lugubre tableau, je sentais le froid me gagner lentement, et je me disais avec un attendrissement amer :

— Mourons, puisque la misère est un cachot gardé par les soupçons, l'insensibilité, le mépris, et d'où l'on tenterait en vain de s'échapper ; mourons, puisqu'il n'y a point pour nous de place au banquet des vivants !

Et je voulus me lever pour rejoindre ma mère et attendre l'heure suprême à ses pieds...

Cet effort a dissipé le rêve ; je me suis réveillé en sursaut.

J'ai regardé autour de moi ; ma lampe était mourante, mon poêle refroidi, et ma porte entr'ouverte laissait entrer une bise glacée ! Je me suis levé, en frissonnant, pour la refermer à double tour; puis, gagnant l'alcôve, je me suis couché à la hâte.

Mais le froid m'a tenu longtemps éveillé, et ma pensée a continué le rêve interrompu.

Les tableaux que j'accusais tout à l'heure d'exagération ne me semblent maintenant qu'une trop fidèle peinture de la réalité; je me suis endormi sans pouvoir reprendre mon optimisme... ni me réchauffer.

Ainsi un poêle éteint et une porte mal close ont changé mon point de vue. Tout était bien quand mon sang circulait à l'aise, tout devient triste parce que le froid m'a saisi !

Ceci rappelle l'anecdote de la duchesse obligée de se rendre au couvent voisin par un jour d'hiver. Le couvent était pauvre, le bois manquait, et les moines n'avaient, pour combattre le froid, que la discipline et l'ardeur des prières. La duchesse, qui grelottait, revint touchée d'une profonde compassion pour les pauvres religieux. Pendant qu'on la débarrasse de sa pelisse et qu'on ajoute deux bûches au feu de sa cheminée, elle mande son intendant, auquel elle ordonne d'envoyer, sur-le-champ, du bois au couvent. Elle fait ensuite rouler sa chaise longue près du foyer, dont la chaleur ne tarde pas à la ranimer. Déjà le souvenir de ce qu'elle vient de souffrir s'est éteint dans le bien-être; l'intendant rentre, et demande combien de chariots de bois il doit faire transporter.

— Mon Dieu! vous pouvez attendre, dit nonchalamment la grande dame; le temps s'est beaucoup radouci.

Ainsi l'homme, dans ses jugements, consulte moins la logique que la sensation; et, comme la sensation lui vient du monde extérieur, il se trouve plus ou moins sous son influence; il y puise, peu à peu, une partie de ses habitudes et de ses sentiments.

Ce n'est donc point sans motif que, lorsqu'il s'agit de préjuger un inconnu, nous cherchons dans ce qui l'entoure des révélations de son caractère. Le milieu dans lequel nous vivons se modèle forcément à notre image; nous y laissons ,sans y penser, mille empreintes de notre âme. De même que la

couche vide permet de deviner la taille et l'attitude de celui qui y a dormi, la demeure de chaque
homme peut trahir, aux yeux d'un observateur
habile, la portée de son intelligence et les mouvements de son cœur. Bernardin de Saint-Pierre a
raconté l'histoire d'une jeune fille qui refusa un
prétendu, parce qu'il n'avait jamais voulu souffrir
chez lui ni fleurs, ni animaux domestiques ; l'arrêt était sévère peut-être, mais non sans fonde-
ment. On pouvait présumer que l'homme insensi-
ble à la grâce et à l'humble affection, serait mal pré-
paré à sentir les jouissances d'une union choisie.

14, *sept heures du soir.* — Ce matin, comme j'allais reprendre la rédaction de mon mémorial, j'ai
reçu la visite de notre vieux caissier.

Sa vue baisse, sa main commence à trembler,
et le travail auquel il suffisait autrefois, lui est
devenu plus difficile. Je me suis chargé d'une partie de ses écritures ; il venait chercher ce que j'a-
vais achevé.

Nous avons causé longuement près du poêle, en
prenant une tasse de café que je l'ai forcé d'accepter.

M. Rateau est un homme de sens, qui a beaucoup observé et qui parle peu, ce qui fait qu'il a toujours quelque chose à dire.

En parcourant les *états* que j'avais dressés pour lui, ses regards sont tombés sur mon mémorial, et il a bien fallu lui avouer que j'écrivais ainsi chaque soir, pour moi seul, le journal de mes actes et de mes pensées. De proche en proche, j'en suis venu à lui parler de mon rêve de l'autre jour et de mes réflexions à propos de l'influence des objets visibles sur nos sentiments habituels; il s'est mis à sourire :

— Ah! vous avez aussi mes *superstitions*, a-t-il dit doucement. J'ai toujours cru, comme vous, que *le gîte faisait connaître le gibier* ; il faut seulement pour cela un tact et une expérience sans lesquels on s'expose à bien des jugements téméraires. Pour ma part, je m'en suis rendu coupable en plus d'une occasion; mais quelquefois aussi j'ai bien préjugé. Je me rappelle surtout une rencontre qui remonte aux premières années de ma jeunesse...

Il s'était arrêté; je le regardai d'un air qui lui

prouva que j'attendais une histoire, et il me la raconta sans difficulté.

A cette époque, il n'était encore que troisième
clerc chez un notaire d'Orléans. Le patron l'avait
envoyé à Montargis pour différentes affaires, et il
devait y reprendre la diligence le soir même, après
avoir fait un recouvrement dans un bourg voisin :
mais, arrivé chez le débiteur, on le fit attendre, et
lorsqu'il put partir, le jour était déjà tombé.

Craignant de ne pouvoir regagner assez tôt Montargis, il prit une route de traverse qu'on lui indi-
qua. Par malheur, la brume s'épaississait de plus
en plus, aucune étoile ne brillait dans le ciel ; l'obscurité devint si profonde qu'il perdit son chemin.
Il voulut retourner sur ses pas, croisa vingt sentiers, et se trouva enfin complétement égaré.

Après la contrariété de manquer le passage de
la diligence, vint l'inquiétude sur sa situation. Il
était seul, à pied, perdu dans une forêt, sans aucun
moyen de retrouver sa direction, et porteur d'une
somme assez forte dont il avait accepté la responsabilité. Son inexpérience augmentait ses angoisses. L'idée de forêt était liée, dans son souvenir,

à tant d'aventures de vol et d'assassinat, qu'il s'attendait, d'instant en instant, à quelque funeste rencontre.

La position, à vrai dire, n'était point rassurante. Le lieu ne passait point pour sûr, et l'on parlait, depuis longtemps, de plusieurs maquignons subitement disparus, sans qu'on eût toutefois trouvé aucune trace de crime.

Notre jeune voyageur, le regard plongé dans l'espace et l'oreille au guet, suivait un sentier qu'il supposait devoir le conduire à quelque maison ou à quelque route; mais les bois succédaient toujours aux bois! Enfin, il distingua une lueur éloignée, et au bout d'un quart d'heure, il atteignit un chemin de grande communication.

Une maison isolée (celle dont la lumière l'avait attiré) se dressait à peu de distance. Il se dirigeait vers la grande porte de la cour, lorsque le trot d'un cheval lui fit retourner la tête. Un cavalier venait de paraître au tournant de la route et fut, en un instant, près de lui.

Les premiers mots qu'il adressa au eune homme lui firent comprendre que c'était le fermier lui-même. Il raconta comment il s'était égaré, et apprit du paysan qu'il suivait la route de Pithiviers. Montargis se trouvait à trois lieues derrière lui.

Le brouillard s'était insensiblement transformé en une bruine qui commençait à transpercer le jeune clerc; il parut s'effrayer de la distance qui lui restait à parcourir, et le cavalier, qui vit son hésitation, lui proposa d'entrer à la ferme.

Celle-ci avait un faux air de forteresse. Enveloppée d'un mur de clôture assez élevé, elle ne se laissait apercevoir qu'à travers les barreaux d'une grande porte à claire-voie soigneusement fermée. Le paysan, qui était descendu de cheval, ne s'en approcha point; tournant à droite, il gagna une autre entrée également close, mais dont il avait la clef.

A peine eut-il franchi le seuil, que des aboiements terribles retentirent aux deux extrémités de la cour. Le fermier avertit son hôte de ne rien craindre, et lui montra les chiens enchaînés dans leurs niches; tous deux étaient d'une grandeur extraordinaire, et tellement féroces, que la vue du maître lui-même ne put les apaiser.

A leurs cris, un garçon sortit de la maison et vint prendre le cheval du fermier. Celui-ci l'interrogea sur les ordres donnés avant son départ, et se dirigea vers les étables, afin de s'assurer s'ils avaient été exécutés.

Resté seul, notre clerc regarda autour de lui.

Une lanterne posée à terre par le garçon éclairait la cour d'une pâle lueur. Tout lui parut vide et désert. On ne voyait aucune trace de ce désordre champêtre indiquant la suspension momentanée d'un travail qui doit être bientôt repris : ni charrette oubliée là où les chevaux avaient été dételés, ni gerbes entassées en attendant la *batterie*, ni charrue renversée dans un coin et à demi enfouie sous la luzerne fraîchement coupée. La cour était balayée, les granges fermées au cadenas. Pas une vigne grimpant le long des murs ; partout la pierre, le bois et le fer !

Il releva la lanterne et s'avança jusqu'à l'angle de la maison. Derrière s'étendait une seconde cour où les hurlements d'un troisième chien se firent entendre ; au milieu se dressait un puits recouvert.

Notre voyageur chercha vainement ce petit jardin des fermes, où rampent les potirons bariolés, et où quelques ruches bourdonnent sous les haies d'églantiers et de sureaux. La verdure et les fleurs étaient partout absentes. Il n'aperçut même aucune trace de basse-cour ni de pigeonnier. L'habitation de son hôte manquait de tout ce qui fait la grâce, le mouvement et la gaieté de la vie des champs.

Le jeune homme pensa que, pour donner si peu aux agréments domestiques et au charme des yeux, son hôte devait être bien indifférent, ou bien calculateur, et, jugeant, malgré lui, par ce qu'il voyait, il se sentit en défiance de son caractère.

Cependant le fermier revint des étables et le fit entrer au logis.

L'intérieur de la ferme répondait à son extérieur. Les murs blanchis n'avaient d'autre ornement qu'une rangée de fusils de toutes dimensions; les meubles massifs ne rachetaient qu'imparfaitement leur apparence grossière par l'exagération de la solidité. Une propreté douteuse et l'absence de toutes les commodités de détail prouvaient que les soins d'une femme manquaient au ménage. Le jeune clerc apprit qu'en effet le fermier vivait seul avec ses deux fils.

Des signes trop certains l'indiquaient, du reste. Un couvert que nul ne se donnait la peine de desservir était dressé à demeure près de la fenêtre. Les assiettes et les plats y étaient dispersés sans ordre, chargés de pelures de pommes de terre et d'os à demi-rongés. Plusieurs bouteilles vides exhalaient une odeur d'eau-de-vie mêlée à l'âcre senteur de la fumée de tabac.

Après avoir fait asseoir son hôte, le fermier avait allumé sa pipe, et ses deux fils avaient repris leur travail devant le foyer. Le silence était à peine interrompu, de loin en loin, par une brève remarque à laquelle il était répliqué par un mot ou une exclamation; puis tout redevenait muet comme auparavant.

— Dès mon enfance, me dit le vieux caissier, j'avais été très-sensible à l'impression des objets extérieurs; plus tard, la réflexion m'avait appris à étudier les causes de cette impression plutôt qu'à la repousser. Je me mis donc à examiner beaucoup plus attentivement tout ce qui m'entourait.

Au-dessous des fusils que j'avais remarqués dès l'entrée, étaient suspendus des piéges à loup ; à l'un d'eux pendaient encore les lambeaux d'une patte broyée qu'on n'avait point arrachée aux dents de fer. Le manteau fumeux de la cheminée était orné d'une chouette et d'un corbeau cloués au mur, les ailes étendues et la gorge traversée d'un énorme clou ; une peau de renard, récemment écorché, s'étalait devant la fenêtre, et un croc de garde-manger, fixé à la principale poutre, laissait voir une oie décapitée dont le cadavre tournoyait au-dessus de nos têtes.

Mes yeux, blessés de tous ces détails, se reportèrent alors sur mes hôtes. Le père, assis vis-à-vis de moi, ne s'interrompait de fumer que pour se verser à boire ou pour adresser à ses fils une réprimande. L'aîné de ceux-ci grattait une longue baille dont les ràclures sanglantes jetées dans le feu nous enveloppaient, par instant, d'une odeur fétidement douceâtre ; le second aiguisait des couteaux de boucher. Un mot prononcé par le

père m'apprit que l'on se préparait à tuer un porc
le lendemain.

Il y avait dans ces occupations et dans tout
l'aspect de cet intérieur je ne sais quelle brutalité
d'habitudes qui semblait expliquer l'aride tristesse
de l'extérieur et la compléter. Mon étonnement
s'était peu à peu transformé en dégoût, et mon
dégoût en malaise. Je ne puis détailler toutes les
alliances d'images qui se succédèrent dans mon
imagination ; mais, cédant à une invincible répul-
sion, je me levai en déclarant que j'allais me remettre en route.

Le fermier fit quelques efforts pour me retenir :
il parla de la pluie, de l'obscurité, de la longueur
du chemin ; je répondis à tout par l'absolue nécessité d'arriver à Montargis cette nuit même, et, le
remerciant de sa courte hospitalité, je repartis
avec un empressement qui dut lui confirmer la
vérité de mes paroles.

Cependant la fraîcheur de la nuit et le mouvement de la marche ne tardèrent pas à changer la
direction de mes idées. Eloigné des objets qui
avaient éveillé chez moi une si vive répugnance,

je sentis celle-ci se dissiper peu à peu. Je commençai par sourire de ma promptitude d'impression ;
puis, à mesure que la pluie devenait plus abon-
dante et plus froide, mon ironie se changeait en
mauvaise humeur. J'accusais, tout bas, la manie
de prendre ses sensations pour des avertissements.
Le fermier et ses fils n'étaient-ils pas libres, 'après
tout, de vivre seuls, de chasser, d'avoir des
chiens et de tuer un pourceau ? où était le crime ?
Avec moins de susceptibilité nerveuse j'aurais
accepté l'abri qu'ils m'offraient, et je dormirais
chaudement, à cette heure, sur quelques bottes
de paille, au lieu de cheminer péniblement sous
la bruine ! Je continuai ainsi à me gourmander
moi-même jusqu'à Montargis, où j'arrivai vers le
matin, rompu et transi.

Cependant lorsqu'au milieu du jour je me levai
reposé, j'étais instinctivement revenu à mon premier jugement. L'aspect de la ferme se représentait à moi sous les couleurs repoussantes qui, la
veille, m'avaient déterminé à fuir. J'avais beau
soumettre mes impressions au raisonnement, celui-ci finissait, lui-même, par se taire, devant cet

ensemble de détails sauvages, et était forcé d'y reconnaître l'expression d'une nature inférieure ou les éléments d'une funeste influence.

Je repartis le jour même, sans avoir pu rien apprendre sur le paysan, ni sur ses fils; mais le souvenir de la ferme resta profondément gravé dans ma mémoire.

Dix années plus tard, je traversais en diligence le département du Loiret. Penché à une des portières, je regardais des taillis nouvellement soumis à la culture, dont un de mes compagnons de voyage m'expliquait le défrichement, lorsque mon œil s'arrêta sur un mur d'enceinte percé d'une porti à claire-voie. Au fond s'élevait une maison done tous les volets étaient clos et que je reconnus sur-le-champ ; c'était la ferme où j'avais été reçu ! Je la montrai vivement à mon compagnon, en lui demandant qui l'habitait.

— Personne pour le moment, me répondit-il.

— Mais n'a-t-elle point été tenue, il y a quelques années, par un homme et ses deux fils ?

— Les Turreau, dit mon compagnon de route en me regardant; vous les avez connus ?

— Je les ai vus une seule fois.

Il hocha la tête.

— Oui, oui, reprit-il ; pendant bien des années ils ont vécu là comme des loups dans leur tanière; ça ne savait que travailler la terre, tuer le gibier et boire. Le père menait la maison : mais des hommes tout seuls, sans femmes pour les aimer, sans enfants pour les adoucir, sans Dieu pour les faire penser au ciel, ça tourne toujours à la bête féroce, voyez-vous; si bien qu'un matin, après avoir bu trop d'eau-de-vie, il paraît que l'aîné n'a pas voulu atteler la charrue ; le père l'a frappé de son fouet, et le fils, qui était fou d'ivresse, l'a tué d'un coup de fusil.

Le 16 au soir. — L'histoire du vieux caissier m'a préoccupé tous ces jours-ci ; elle est venue s'ajouter aux réflexions que m'avait inspirées mon rêve.

N'ai-je point à tirer de tout ceci un sérieux enseignement?

Si nos sensations ont une incontestable influence sur nos jugements, d'où vient que nous prenions si peu de souci des choses qui éveillent ou modifient ces sensations? Le monde extérieur se réflète perpétuellement en nous comme dans un miroir et nous remplit d'images qui deviennent, à notre insu, des germes d'opinion ou des règles de conduite. Tous les objets qui nous entourent sont donc, en réalité, autant de talismans d'où s'exhalent de bonnes et de funestes influences. C'est à notre sagesse de les choisir pour créer à notre âme une salubre atmosphère.

Convaincu de cette vérité, je me suis mis à faire une revue de ma mansarde.

Le premier objet sur lequel mes yeux se sont arrêtés est un vieux cartulaire provenant de la plus célèbre abbaye de ma province. Déroulé avec complaisance, il occupe le panneau le plus apparent. D'où vient que je lui ai donné cette place? Pour moi, qui ne suis ni un antiquaire, ni un érudit, cette feuille de parchemin rongée de mites devrait-elle avoir tant de prix? ne me serait-elle point devenue précieuse à cause d'un des abbés fondateurs, qui porte mon nom, et n'aurais-je point, par hasard, la prétention de m'en faire, aux yeux des visiteurs, un arbre généalogique? En écrivant ceci je sens que j'ai rougi. Allons, à bas le cartulaire ! reléguons-le dans mon tiroir le plus profond.

En passant devant ma glace, j'ai aperçu plusieurs cartes de visites complaisamment étalées le long de l'encadrement. Par quel hasard n'y a-t-il là que des noms qui peuvent faire figure ?... Voici un comte polonais... un colonel retraité... le député de mon département... Vite, vite, au feu ces témoignages de vanité ! et mettons à la place cette carte écrite à la main par notre garçon de bureau, cette adresse de dîners économiques, et le reçu du revendeur auquel j'ai acheté mon dernier fauteuil. Ces indications de ma pauvreté sauront, comme le dit Montaigne, *mater ma superbe*, et me rappelleront sans cesse à la modestie qui fait la dignité des petits.

Je me suis arrêté devant les gravures accrochées au mur. Cette grosse Pomone qui rit assise sur des gerbes, et dont la corbeille ruisselle de fruits, ne fait naître que des idées de joie et d'abondance ; je la regardais l'autre jour lorsque je me suis endormi en niant la misère ; donnons-lui pour pendant ce tableau de l'hiver où tout exprime la tris-

tesse et la souffrance : l'une des impressions tem-
pérera l'autre.

Et cette Heureuse famille de Greuze ! Quelle
gaieté dans les yeux des enfants ! que de douce
sérénité sur le front de la jeune femme ! quel
attendrissement religieux dans les traits du grand-
père ! Que Dieu leur conserve la joie ! mais suspendons à côté le tableau de cette mère qui pleure sur
un berceau vide. La vie humaine a deux faces qu'il
faut oser regarder tour à tour.

Cachons aussi ces magots ridicules qui garnissent ma cheminée. Platon a dit que *le beau n'était
autre chose que la forme visible du bon.* S'il en est
ainsi, le laid doit être la forme visible du mal ;
l'âme se déprave insensiblement à le contempler.

Mais surtout, pour entretenir en moi les instincts de tendresse et de pitié, suspendons au chevet de notre lit cette touchante image du *dernier
sommeil!*

Jamais je n'ai pu y arrêter mes regards sans me
sentir le cœur remué.

Une femme déjà vieille et vêtue de haillons s'est
accroupie aux bords d'un chemin ; son bâton est à

ses pieds, sa tête repose sur la pierre ; elle s'est endormie les mains jointes, en murmurant une prière apprise dans son enfance, endormie de son dernier sommeil et elle fait son dernier rêve !

Elle se voit toute petite, forte et joyeuse enfant qui garde les troupeaux dans les friches, qui cueille les mûres des haies, qui chante, salue les passants et fait le signe de la croix quand paraît au ciel la première étoile ! Heureuse époque, pleine de parfums et de rayonnements ! rien ne lui manque encore, car elle ignore ce qu'on peut désirer.

Mais la voilà grande ; l'heure des travaux courageux est venue ; il faut couper les foins, battre le blé, apporter à la ferme les fardeaux de trèfle en fleurs ou de ramées flétries. Si la fatigue est grande, l'espérance brille sur tout comme un soleil ; elle essuie les gouttes de sueur. La jeune fille voit déjà que la vie est une tâche ; mais elle l'accomplit encore en chantant.

Plus tard, le fardeau s'est alourdi ; elle est femme, elle est mère ! il faut économiser le pain du jour, avoir l'œil sur le lendemain, soigner les malades, soutenir les faibles, jouer, enfin, ce rôle de providence si doux quand Dieu vous aide, si cruel quand il vous abandonne. La femme est toujours forte ; mais elle est inquiète ; elle ne chante plus !

Encore quelques années et tout s'est assombri. La vigueur du chef de famille s'est brisée ; sa femme le voit languir devant le foyer éteint ; le froid et la faim achèvent ce que la maladie avait commencé il meurt, et, près du cercueil fourni par la charité, la veuve s'asseoit à terre, pressant dans ses bras deux petits enfants demi-nus. Elle a peur de l'avenir, elle pleure et elle baisse la tête.

Enfin, l'avenir est venu ; les enfants ont grandi, mais ne sont plus là. Le fils combat l'ennemi sous les drapeaux, et sa sœur est partie. Tous deux sont perdus pour bien longtemps ; pour toujours peut-être ; et la forte jeune fille, la vaillante femme, la courageuse mère n'est désormais qu'une vieille mendiante sans famille et sans abri ! elle ne pleure plus, la douleur l'a domptée ; elle se résigne et attend la mort.

La mort, amie fidèle des misérables ! elle est arrivée, non pas horrible et railleuse, comme la superstition nous la représente, mais belle, souriante, couronnée d'étoiles! Le doux fantôme s'est baissé vers la mendiante; ses lèvres pâles ont murmuré de vagues paroles qui lui annoncent la fin de ses fatigues, une joie sereine, et la vieille mendiante, appuyée sur l'épaule de la grande libératrice, vient de passer, sans s'en apercevoir, de son dernier sommeil au sommeil sans fin.

Reste là, pauvre femme brisée, les feuilles des bois te serviront de linceul, la nuit répandra sur toi ses larmes de rosée, et les oiseaux chanteront doucement près de tes dépouilles. Ton apparition ici-bas n'aura pas laissé plus de traces que leur vol dans les airs; ton nom y est déjà oublié, et le seul héritage que tu puisses transmettre est ce bâton d'épine oublié à tes pieds !

Eh bien ! quelqu'un le relèvera, quelque soldat de cette grande armée humaine dispersée par la misère ou le vice; car tu n'es pas une exception, tu es un exemple, et, sous le soleil qui luit si doucement pour tous, au milieu de ces vignobles en fleurs, de ces blés mûrs, de ces villes opulentes, des générations entières souffrent et se succèdent, en se léguant le bâton du mendiant !..

La vue de cette douloureuse figure me rendra plus reconnaissant pour ce que Dieu m'a donné, plus compatissant pour ceux qu'il a traités avec moins de douceur ; ce sera un enseignement et un sujet de réflexions....

Ah! si nous voulions veiller à tout ce qui peut nous améliorer, nous instruire ; si notre intérieur était disposé de manière à devenir une perpétuelle école pour notre âme ! mais le plus souvent, nous n'y prenons pas garde. L'homme est un éternel mystère pour lui-même ; sa propre personne est une maison où il n'entre jamais et dont il n'étudie que les dehors. Chacun de nous aurait besoin de retrouver sans cesse devant lui la fameuse inscription qui éclaira autrefois Socrate, et qu'une main inconnue avait gravée sur les murs de Delphes :

Connais-toi toi-même.

CHAPITRE XII.

LA FIN D'UNE ANNÉE.

Le 30 *décembre au soir.* — J'étais au lit, à peine délivré de cette fièvre délirante qui m'a tenu si longtemps entre la vie et la mort. Mon cerveau affaibli faisait effort pour reprendre son activité; la pensée se produisait encore incomplète et confuse, comme un jet lumineux qui perce les nuages;

je sentais, par instant, des retours de vertige qui brouillaient toutes mes perceptions ; je flottais, pour ainsi dire, entre des alternatives d'égarement et de raison.

Quelquefois tout m'apparaissait clairement, comme ces perspectives qui s'ouvrent devant nous par un temps serein, du haut de quelque montagne élevée. Nous distinguons les eaux, les bois, les villages, les troupeaux, jusqu'au chalet posé aux bords du ravin ; puis, subitement, une raffale chargée de brumes arrive, et tout se confond !

Ainsi livré aux oscillations d'une lucidité mal reconquise, je laissais mon esprit en suivre tous les mouvements sans vouloir distinguer la réalité de la vision ; il glissait doucement de l'une à l'autre ; la veille et le rêve se suivaient de plain pied !

Or, tandis que j'errais dans cette incertitude, voici que, devant moi, au-dessous de la pendule dont le pouls sonore mesure les heures, une femme m'est apparue !

Le premier regard suffisait pour faire comprendre que ce n'était point là une fille d'Ève. Son œil avait l'éclat mourant d'un astre qui s'éteint, et son visage la pâleur d'une sublime agonie. Revêtue de draperies de mille couleurs où se jouaient les tein[.] tes les plus joyeuses et les plus sombres, elle tenait à la main une couronne effeuillée.

Après l'avoir contemplée quelques instants, je lui ai demandé son nom et ce qu'elle faisait dans ma mansarde. Ses yeux, qui suivaient l'aiguille de la pendule, se sont tournés de mon côté, et elle a répondu :

— Tu vois en moi l'année qui va finir ; je viens recevoir tes remercîments et tes adieux.

Je me suis dressé sur mon coude avec une surprise qui a bientôt fait place à un amer ressentiment.

— Ah ! tu veux être remerciée, me suis-je écrié ; mais voyons pour cela ce que tu m'as apporté !

Quand j'ai salué ta venue, j'étais encore jeune et vigoureux ! tu m'as retiré, chaque jour, quelque peu de mes forces, et tu as fini par m'envoyer la maladie ! Déjà, grâce à toi, mon sang est moins chaud, mes muscles sont moins fermes, mes pieds moins prompts. Tu as déposé dans mon sein tous les germes des infirmités ; là où croissaient les fleurs de l'été de la vie, tu as méchamment semé les orties de vieillesse.

Et comme si ce n'était pas assez d'avoir affaibli mon corps, tu as aussi amoindri mon âme; tu as éteint en elle les enthousiasmes; elle est devenue plus paresseuse et plus craintive. Autrefois ses regards embrassaient généreusement l'humanité entière, tu l'as rendue myope et elle voit maintenant à peine au-delà d'elle-même.

Voilà ce que tu as fait de mon être : quant, à ma vie, regarde à quelle tristesse, à quel abandon à quelles misères tu l'as réduite !

Depuis tant de jours que la fièvre me retient cloué sur ce lit, qui a pris soin de cet intérieur où je mettais ma joie? Ne vais-je point trouver mes armoires vides, ma bibliothèque dégarnie, toutes mes pauvres richesses perdues par la négligence ou l'infidélité? Où sont les plantes que je cultivais, les oiseaux que j'avais nourris? Tout a disparu ! ma mansarde est défleurie, muette, solitaire !

Revenu seulement depuis quelques instants à la conscience de ce qui m'entoure, j'ignore même qui m'a veillé pendant ces longues souffrances.

Sans doute quelque mercenaire, reparti quand mes ressources auront été épuisées !

Et qu'auront dit de mon absence les maîtres auxquels je devais mon travail ? A ce moment de l'année où les affaires sont plus pressantes, auront-ils pu se passer de moi, l'auront-ils voulu? Peut-être suis-je déjà remplacé à ce petit bureau où je gagnais le pain terrestre ! Et c'est toi, toi seule, méchante fille du temps, qui m'auras apporté tous ces désastres : force, santé, aisance, travail, tu m'as tout enlevé; je n'ai reçu de toi qu'insultes ou dommages, et tu oses encore réclamer ma reconnaissance !

Ah ! meurs, puisque ton jour est venu; mais meurs méprisée et maudite; et puissé-je écrire sur ta tombe l'épitaphe que le poëte arabe grava sur celle d'un roi :

« Passant, réjouis-toi ; celui que nous avons enterré » ici ne peut plus revivre. »

. . . .

Je viens d'être réveillé par une main qui prenait la mienne; et, en ouvrant les yeux, j'ai reconnu le médecin.

Après avoir compté les pulsations du pouls, il a hoché la tête, s'est assis aux pieds du lit et m'a regardé en se grattant le nez avec sa tabatière.

J'ai su depuis que c'était un signe de satisfaction chez le docteur.

— Eh bien! nous avons donc voulu nous faire enlever par la camarde? m'a dit M. Lambert, de son ton moitié jovial, moitié grondant. Peste! comme on y allait de bon cœur? Il a fallu vous retenir à deux bras, au moins!

— Ainsi vous avez désespéré de moi, docteur? ai-je demandé un peu saisi.

— Du tout, a répondu le vieux médecin; pour désespérer quelquefois, il faudrait avoir habituellement de l'espoir, et je n'en ai jamais. Nous ne sommes que les instruments de la Providence, et chacun de nous devrait dire comme Ambroise Paré : « Je le pansai, Dieu le guérit. »

— Qu'il soit donc béni, ainsi que vous, me suis-je écrié, et puisse la santé me revenir avec la nouvelle année !

M. Lambert a haussé les épaules.

— Commencez par vous la demander à vous-même, a-t-il repris brusquement : Dieu vous la rend, c'est à votre sagesse et non au temps de la conserver. Ne dirait-on pas que les infirmités nous viennent comme une pluie ou comme un rayon de soleil, sans que nous y soyons pour quelque chose ! Avant de se plaindre d'être malade, il faudrai prouver qu'on a mérité de se bien porter.

J'ai voulu sourire, mais le docteur s'est fâché.

— Ah ! vous croyez que je plaisante, a-t-il repris en élevant la voix ; mais dites-moi un peu qui de nous donne à sa santé l'attention qu'il donne à sa fortune ? Economisez-vous vos forces comme vous économisez votre argent ? évitez-vous les excès ou les imprudences avec le même soin que les folles dépenses ou les mauvais placements ! avez-vous une comptabilité ouverte pour votre 'empérament comme pour votre industrie ? cherchez-vous chaque soir ce qui a pu vous être salutaire ou malfaisant, avec la prudence que vous apportez à l'examen de vos affaires ? Vous-même, qui riez, n'avez-vous pas provoqué le mal par mille extravagances ?

J'ai voulu protester en demandant l'indication

de ces extravagances; le vieux médecin a écarté tous ses doigts, et s'est mis à les compter l'une après l'autre.

Primo, s'est-il écrié, manque d'exercice! Vous vivez ici comme le rat dans son fromage, sans air, sans mouvement, sans distraction. Par suite, le sang circule mal, les humeurs s'épaississent, les muscles inactifs ne réclament plus leur part de nutrition; l'estomac s'allanguit et le cerveau se fatigue.

Secundo. Nourriture irrégulière. Le caprice est votre cuisinier, l'estomac un esclave qui doit accepter ce qu'on lui donne, mais qui se venge sournoisement, comme tous les esclaves.

Tertio. Veilles prolongées! Au lieu d'employer la nuit au sommeil, vous la dépensez en lectures; votre alcôve est une bibliothèque, votre oreiller un pupitre! A l'heure où le cerveau fatigué demande du repos, vous le conduisez à une orgie, et vous vous étonnez de le trouver endolori le lendemain.

Quarto. La mollesse des habitudes! Enfermé dans votre mansarde, vous vous êtes insensible-

ment entouré de mille précautions douillettes. Il a
fallu des bourrelets pour votre porte, un paravent
pour votre fenêtre, des tapis pour vos pieds, un
fauteuil ouaté de laine pour vos épaules, un poële
allumé au premier froid, une lampe à lumière adoucie, et, grâce à toutes ces précautions, le moindre
vent vous enrhume, les siéges ordinaires vous ex-
posent à des courbatures, et il vous faut des lunettes pour supporter la lumière du jour. Vous avez
cru conquérir des jouissances, et vous n'avez fait
que contracter des infirmités.

Quinto....

— Ah! de grâce, docteur, assez! me suis-je
écrié. Ne poussez pas plus loin l'examen; n'atta-
chez pas à chacun de mes goûts un remords.

Le vieux médecin s'est gratté le nez avec sa tabatière.

— Vous voyez, a-t-il dit plus doucement en se
levant, vous fuyez la vérité, vous reculez devant
l'enquête ! preuve que vous êtes coupable : *Habe-
mus confitentem reum !* Mais au moins, mon cher,
n'accusez plus les quatre saisons, à l'exemple des
portières.

Là-dessus il m'a encore tâté le pouls, et il est parti, en déclarant que son ministère était fini, et que le reste me regardait.

Le docteur sorti, je me suis mis à réfléchir.

Pour être trop absolue, son idée n'en a pas moins un fond de justesse. Combien de fois nous attribuons au hasard le mal dont il faudrait chercher l'origine en nous-mêmes ! Peut-être eût-il été sage de le laisser achever l'examen commencé.

Mais n'en est-il pas un autre encore plus important, celui qui intéresse la santé de l'âme ? suis-je bien sûr de n'avoir rien négligé pour la préserver pendant l'année qui va finir ? Soldat de Dieu parmi les hommes, ai-je bien conservé mon courage et mes armes ? Serai-je prêt pour cette grande revue des morts que doit passer *Celui qui est* dans la sombre vallée de Josaphat ?

Ose te regarder toi-même, ô mon âme, et cherche combien de fois tu as failli.

D'abord, tu as failli par orgueil ! Car je n'ai pas recherché les simples. Trop abreuvé des vins enivrants du génie, je n'ai plus trouvé de saveur à l'eau courante. J'ai dédaigné les paroles qui n'avaient d'autre grâce que leur sincérité ; j'ai cessé d'aimer les hommes, seulement parce que c'étaient des hommes, je les ai aimés pour leur supériorité ; j'ai resserré le monde dans les étroites limites d'un panthéon, et ma sympathie n'a pu être éveillée que par l'admiration. Cette foule vulgaire que j'aurais dû suivre d'un œil ami, puisqu'elle est composée de frères en espérances et en douleurs, je l'ai laissée passer avec indifférence, comme un troupeau. Je m'indigne de voir celui qu'enivre son or mépriser l'homme pauvre des biens terrestres, et moi, vain de ma science futile, je méprise le pauvre d'esprit. J'insulte à l'indigence de la pensée comme d'autres à celle de l'habit ; je m'enorgueillis d'un don et je me fais une arme offensive d'un bonheur !

Ah ! si, aux plus mauvais jours des révolutions, l'ignorance révoltée a jeté parfois un cri de haine contre le génie, la faute n'en est pas seulement à la méchanceté envieuse de sa sottise, elle vient aussi de l'orgueil méprisant du savoir.

Hélas ! j'ai trop oublié la fable des deux fils du magicien de Bagdad.

44.

L'un, frappé par l'arrêt irrévocable du destin, était né aveugle, tandis que l'autre jouissait de toutes les joies que donne la lumière. Ce dernier fier de ses avantages, raillait la cécité de son frère et dédaignait sa compagnie. Un matin que l'aveugle voulait sortir avec lui :

— A quoi bon, lui dit-il, puisque les dieux n'ont mis rien de commun entre nous ? Pour moi la création est un théâtre où se succèdent mille décorations charmantes et mille acteurs merveilleux ; pour vous ce n'est qu'un abîme obscur au fond duquel bruit un monde invisible. Demeurez donc seul dans vos ténèbres, et laissez les plaisirs de la lumière à ceux qu'éclaire l'astre du jour.

A ces mots, il partit, et le frère abandonné se mit à pleurer amèrement. Le père, qui l'entendit, accourut aussitôt et s'efforça de le consoler en promettant de lui accorder tout ce qu'il désirerait.

— Pouvez-vous me rendre la vue ? demanda l'enfant.

— Le sort ne le permet pas, dit le magicien.

—Alors, s'écria l'aveugle avec emportement, je vous demande d'éteindre le soleil !

Qui sait si mon orgueil n'a point provoqué le même souhait de la part de quelqu'un de mes frères qui ne *voient* pas ?

Mais combien plus souvent encore j'ai failli par imprudence et par légèreté ! Que de résolutions prises à l'aventure ! que d'arrêts portés dans l'intérêt d'un bon mot ! que de mal accompli faute de sentir ma responsabilité ! la plupart des hommes se nuisent les uns aux autres pour faire quelque chose ! on raille une gloire, on compromet une réputation, comme le promeneur oisif, qui suit une haie, brise les jeunes branches et effeuille les plus belles fleurs. Et cependant notre irréflexion fait ainsi les renommées ! Semblable à ces monuments mystérieux des peuples barbares auxquels chaque voyageur ajoutait une pierre, elles s'élèvent lentement ; chacun y apporte en passant quelque chose et ajoute au hasard, sans pouvoir dire lui-même s'il élève un piédestal ou un gibet. Qui oserait regarder derrière lui pour y relever ses jugements téméraires ?

Il y a quelques jours, je suivais le flanc des buttes vertes que couronne le télégraphe de Mont-

martre. Au-dessous de moi, le long d'un de ces
sentiers qui tournent en spirale pour gravir le
coteau, montaient un homme et une jeune fille
sur lesquels mes yeux s'arrêtèrent. L'homme avait
un paletot à longs poils qui lui donnait quelque
ressemblance avec une bête fauve, et portait une
grosse canne dont il se servait pour décrire dans
l'air d'audacieuses arabesques. Il parlait très-haut,
d'une voix qui me parut saccadée par la colère.
Ses yeux, levés par instant, avaient une expression
de dureté farouche, et il me sembla qu'il adressait
à la jeune fille des reproches ou des menaces
qu'elle écoutait avec une touchante résignation.
Deux ou trois fois elle hasarda quelques paroles
sans doute un essai de justification ; mais l'homme
au paletot recommençait aussitôt avec ses éclats
de voix convulsifs, ses regards féroces et ses mou-
linets menaçants. Je le suivis des yeux, cherchant
en vain à saisir un mot au passage, jusqu'au moment où il disparut derrière la colline.

Evidemment je venais de voir un de ces tyrans
domestiques dont l'humeur insociable s'exalte par
la patience de la victime, et qui, pouvant être les

dieux bienfaiteurs d'une famille, aiment mieux
s'en faire les bourreaux.

Je maudissais dans mon cœur le féroce inconnu, et je m'indignais de ce que ces crimes contre
la sainte douceur du foyer ne pussent recevoir
leur juste châtiment, lorsque la voix du promeneur se fit entendre de plus près. Il avait tourné
le sentier et parut bientôt devant moi au sommet
de la butte.

Le premier coup d'œil et les premiers mots me
firent alors tout comprendre : là où j'avais trouvé
l'accent furieux et les regards terribles de l'homme
irrité, ainsi que l'attitude d'une victime effrayée,
j'avais, tout simplement, un brave bourgeois louche et bègue qui expliquait à sa fille attentive
l'éducation des vers à soie !

Je m'en suis revenu, riant de ma méprise; mais,
près de rejoindre mon faubourg, j'ai vu courir la
foule, j'ai entendu des cris d'appel; tous les bras,
tournés vers le même point, montraient, au loin,
une colonne de flammes. L'incendie dévorait une
fabrique, et tout le monde s'élançait au secours.

J'ai hésité. La nuit allait venir; je me sentais

fatigué ; un livre favori m'attendait : j'ai pensé que les travailleurs ne manqueraient pas, et j'ai continué ma route.

Tout à l'heure j'avais failli par défaut de prudence ; maintenant, c'est par égoïsme et par lâcheté.

Mais quoi, n'ai-je point oublié en mille autres occasions les devoirs de la solidarité humaine ? Est-ce la première fois que j'évite de payer ce que je dois à la société ? Dans mon injustice, n'ai-je pas toujours traité mes associés comme le lion ? Toutes les parts ne me sont-elles pas successivement revenues ? Pour peu qu'un malavisé en redemande quelque chose, je m'effraie, je m'indigne, j'échappe par tous les moyens. Que de fois, en apercevant, au bout du trottoir, la mendiante accroupie, j'ai dévié de ma route, de peur que la pitié ne m'appauvrît, malgré moi, d'une aumône ! Que de douleurs mises en doute pour avoir le droit d'être impitoyable ! Avec quelle complaisance j'ai constaté, parfois, les vices du pauvre, afin de transformer sa misère en punition méritée !...

Oh! n'allons pas plus loin, n'allons pas plus loin! Si j'ai interrompu l'examen du docteur, combien celui-ci est plus triste! Les maladies du corps font pitié, celles de l'âme font horreur. ....

J'ai été heureusement arraché à ma rêverie par mon voisin le vieux soldat.

Maintenant que j'y pense, il me semble avoir toujours vu, pendant mon délire, cette bonne figure tantôt penchée sur mon lit, tantôt assise à son établi, au milieu de ses feuilles de carton.

Il vient d'entrer, armé de son pot à colle, de sa main de papier vert et de ses grands ciseaux. Je l'ai salué par son nom; il a poussé une exclamation joyeuse et s'est approché.

—Eh bien! on a donc retrouvé sa *boule!* s'est-il écrié en prenant mes deux mains dans la main mutilée qui lui reste; ça n'a pas été sans peine, savez-vous! en voilà une campagne qui peut compter pour deux chevrons! J'ai vu pas mal de fiévreux battre la breloque pendant mes mois d'hôpital : à Leipsick, j'avais un voisin qui se croyait un feu de cheminée dans l'estomac, et qui ne cessait d'appeler les pompiers; mais le troisième jour tout s'est éteint de soi-même, vu qu'il a passé l'arme à gauche tandis que vous, ça a duré vingt-huit jours, le temps d'une campagne du petit caporal.

— Je ne me suis donc pas trompé, vous étiez près de moi !

— Parbleu ! je n'ai eu qu'à traverser le corridor. Ça vous a fait une garde-malade pas mal gauche, vu que la droite est absente; mais bah ! vous ne saviez pas de quelle main on vous faisait boire, et ça n'a pas empêché cette gueuse de fièvre d'être noyée..... absolument comme Poniatowski dans l'Elster !

Le vieux soldat s'est mis à rire, et moi, trop attendri pour parler, j'ai serré sa main contre ma poitrine. Il a vu mon émotion et s'est empressé d'y couper court.

— A propos, vous savez qu'à partir d'aujourd'hui on a le droit à la ration ! a-t-il repris gaiement; quatre repas comme les *meinhers* allemands, rien que ça ! C'est le docteur qui est votre maître d'hôtel.

— Reste à trouver le cuisinier, ai-je repris en souriant.

— Il est trouvé ! s'est écrié le vétéran,

— Qui donc ?

— Geneviève.

— La fruitière ?

— Au moment où je vous parle, elle fricasse pour vous, voisin ; et n'ayez pas peur qu'elle épargne le beurre, ni le soin. Tant que vous avez été entre le *vivat* et le *requiem*, la brave femme passait son temps à monter ou à descendre les escaliers pour savoir où en était la bataille... Et tenez, je suis sûr que la voici.

On marchait, en effet, dans le corridor ; il est allé ouvrir.

— Eh bien ! a-t-il continué, c'est notre portière, la mère Millot ; encore une de vos bonnes amies, voisin, et que je vous recommande pour les cataplasmes. Entrez, mère Millot, entrez, nous sommes tout à fait jolis garçons ce matin, et prêts à danser un menuet si nous avions des pantoufles.

La portière est entrée toute ravie. Elle me rapportait du linge blanchi et réparé par ses soins, avec une petite bouteille de vin d'Espagne, cadeau de son fils le marin, réservé pour les gran-

des occasions. J'ai voulu la remercier; mais l'excellente femme m'a imposé silence sous prétexte
que le docteur m'avait défendu de parler. Je l'ai
vue tout ranger dans mes tiroirs, dont l'aspect
m'a frappé: une main attentive y a évidemment
réparé, jour par jour, les désordres inévitables
qu'entraîne la maladie.

Comme elle achevait, Geneviève est arrivée avec
mon dîner; elle était suivie de la mère Denis, la
laitière de vis-à-vis, qui avait appris, en même
temps, le danger que j'avais couru et mon entrée
en convalescence. La bonne Savoyarde apportait
un œuf qui venait d'être pondu et qu'elle voulait
me voir manger elle-même.

Il a fallu lui raconter, de point en point, toute
ma maladie. A chaque détail, elle poussait des
exclamations bruyantes; puis, sur l'avertissement
de la portière, elle s'excusait tout bas. On a fait
cercle autour de moi pour me regarder dîner;
toutes les bouchées étaient accompagnées de cris
de contentement et de bénédiction! Jamais le roi
de France, quand il dînait en public, n'a excité,
parmi les spectateurs, une telle admiration.

Comme on levait le couvert, mon collègue le vieux caissier est entré à son tour.

En le reconnaissant, je n'ai pu me défendre d'un battement de cœur. De quel œil les patrons avaient-ils vu mon absence, et que venait-il m'annoncer?

J'attendais qu'il parlât avec une inexprimable angoisse; mais il s'est assis près de moi, m'a pris la main, et s'est mis à se réjouir de ma guérison, sans rien dire de nos maîtres. Je n'ai pu supporter plus longtemps cette incertitude.

— Et MM. Durmer? ai-je demandé en hésitant, comment ont-ils accepté..... l'interruption de mon travail ?

— Mais il n'y a pas eu d'interruption, a répondu le vieux commis tranquillement.

— Que voulez-vous dire ?

— Chacun s'est partagé la besogne, tout est au courant, et les MM. Durmer ne se sont aperçus de rien.

Cette fois, l'émotion a été trop forte. Après tant de témoignages d'affection, celui-ci comblait la mesure; je n'ai pu retenir mes larmes.

Ainsi les quelques services que j'avais pu rendre ont été reconnus au centuple ! j'avais semé un peu de bien, et chaque grain tombé dans une bonne terre a rapporté tout un épi ! Ah ! ceci complète l'enseignement du docteur ! S'il est vrai que les infirmités du dedans et du dehors sont le fruit de nos sottises ou de nos vices, les sympathies et les dévouements sont aussi des récompenses du devoir accompli. Chacun de nous, avec l'aide de Dieu, et dans les limites bornées de la puissance humaine, se fait à lui-même sont tempérament, son caractère et son avenir. . . . .

Tout le monde est reparti; mes fleurs et mes oiseaux, rapportés par le vétéran, me font seuls compagnie. Le soleil couchant empourpre de ses derniers rayons mes rideaux à demi refermés. Ma tête est libre, mon cœur plus léger; un nuage humide flotte sur mes paupières. Je me sens dans cette vague béatitude qui précède un doux sommeil.

Là-bas, vis-à-vis de l'alcôve, la pâle déesse aux draperies de mille couleurs et à la couronne effeuillée vient de m'apparaître de nouveau; mais cette

fois je lui tends la main avec un sourire de reconnaissance.

— Adieu, chère année, que j'accusais injuste-
ment tout à l'heure ! Ce que j'ai souffert ne doit
pas t'être imputé, car tu n'as été qu'un espace où
Dieu a tracé ma route, une terre où j'ai recueilli
la moisson que j'avais semée. Je t'aimerai, abri de
passage, pour les quelques heures de joie que tu
m'as vu goûter; je t'aimerai même pour les souffrances que tu m'as vu subir. Joies ni souffrances
ne venaient de toi, mais tu en as été le théâtre.
Retombe donc en paix dans l'éternité et sois
bénie, toi qui, en remplacement de la jeunesse,
me laisses l'expérience, en retour du temps le
souvenir, et en paiement du bienfait la reconnaissance.

TABLE.

FIN DE LA TABLE.

www.ingramcontent.com/pod-product-compliance
Lightning Source LLC
Chambersburg PA
CBHW070507030726
47503CB00004B/1197